COLECCIÓN POPULAR

138

LA CAJA VACÍA

EMILIO CARBALLIDO

LA CAJA VACÍA

COLECCION
POPULAR

FONDO DE CULTURA ECONÓMICA
MÉXICO

Primera edición,	1962
Primera reimpresión,	1974
Segunda reimpresión,	1977
Tercera reimpresión,	1982

Av. de la Universidad, 975; 03100 México, D. F.

ISBN-968-16-1085-7

Impreso en México

LA CAJA VACÍA

HACIA el fin de la semana la oferta corrió de boca en boca; para el lunes todos los hombres pensaban en dedicarse a buscar la yerba; después, el miércoles, Porfirio murió ahogado al cruzar el río. Aunque fue un accidente, estuvo tan minuciosamente elaborado como si todos supieran lo que iba a ocurrir.

Los americanos tenían las básculas en una tienda de campaña. Cerca de ahí habían instalado los cables para cruzar el barranco. Entre las dos paredes rocosas, llenas de helechos y matas de orquídea, el río corre con bastante ímpetu, porque un poco más allá cae en un gran salto borbotante. El trabajo era pagado a destajo. Quien quisiera podía cruzar en el flamante malacate, buscar y juntar las matas de "cabeza de negro", regresar y vender tantas como hubiera sido capaz de reunir. El precio, por kilogramo, era bastante atractivo, pero nada más los hombres se atrevían a internarse en el monte, pues hay peligros, animales.

El miércoles hubo más cosechadores que los otros dos días. Formaron cola, esperaron, pero aun así la canasta del malacate se bamboleó peligrosamente. Porfirio, en la orilla, esperaba a que regresara cuando cambió de opinión: decidió cruzar a nado, cosa que no era demasiado difícil y que cualquiera de ellos había hecho alguna vez; todo consistía en cortar la corriente en una diagonal adecuada, para contrarrestar, y aun utilizar en cierto modo su fuerza. Él se desnudó, dio la ropa a un compañero, después de doblarla con pulcritud, y muy serio bajó la pendiente musgosa, asiéndose a las piedras con los dedos de los pies.

Después, casi en el momento mismo en que entró al agua, todos supieron que había equivocado el cálculo; la diagonal no era correcta y la corriente lo arrastraba ante la certidumbre y los comentarios de todos, aun con el conocimiento del mismo Porfirio, que lo notó a la mitad del río; ni siquiera intentó regresarse: siguió luchando. Un poco antes del salto gritó algo y alzó los brazos; los amigos supusieron que rezaba, o que recomendaba algo relativo a la familia. Desapareció entre la espuma y no volvió a salir.

Todos daban voces. Alguien, que había bajado para ayudarlo, se regresó oportunamente a las dos o tres brazadas, viendo que el intento era inútil. Los americanos eran los más afectados, pese a que no tenían ni la menor responsabilidad legal. Gritaban, frenéticos, corrían alocados de un lado a otro, con sogas en las manos; cuando todo pasó, uno de ellos, pesado y sanguíneo, tuvo que ir a acostarse. Duró enfermo todo el día.

Los compañeros discutieron mucho qué deberían hacer. Al fin, varios hombres corrieron río abajo, para tratar de pescar el cuerpo, y uno de los más jóvenes fue enviado por todos para que diera la noticia: Erasto, muchacho lento y lleno de presencia de ánimo.

La casa de Porfirio era de palma y bejucos, igual a todas las de la ranchería, pero estaba un poco más lejos que las otras, cerca de la vía del tren, que pasaba trepidando, con su peste de aceite quemado, sin parar nunca.

Cuando Erasto llegó, la madre molía maíz en el

umbral, dos niños panzoncitos y desnudos jugaban con un perro gordo y la esposa embarazada iba a lavar la ropa. El mensaje se le atragantó a Erasto, pero con la mitad que pudo echar fue suficiente: la viuda empezó a llorar y la madre lanzó gritos abrazando a los dos niños:

—¡Huérfanos, hijitos, ya se quedaron huérfanos!

Con esto vinieron las vecinas y Erasto volvió a contar la historia, ya mucho más hábilmente. La esposa se enfermó, tuvo varios vómitos y hubo que atenderla con agua de brasa y té de azahar. La madre se quedó muda después, sentada en un rincón, viendo fijamente al suelo y con los ojos secos; los niños aullaban en la mitad de la pieza, desnudos, sin entender nada, sintiendo que algo terrible había ocurrido.

La búsqueda del cuerpo se continuó hasta la noche. Las autoridades, avisadas, vigilaron algunos tramos del río; los pescadores facilitaron redes que fueron fijadas en diversos puntos. Los extranjeros prestaron varias camionetas que permanecieron toda la noche con los fanales apuntando a la veloz superficie. El agua no era turbia, pero sí profunda; a veces veían brillar el lomo oscuro de algún gran pez y no faltaba nunca el cabrilleo de los pequeños, en círculos tenaces bajo la luz, como mariposas acuáticas. Los que aguardaban, aprovecharon para pescarlos. El alba volvió más lúgubres las luces, les comió al fin todo brillo, y el cuerpo siguió sin aparecer.

La familia de Porfirio se encontró de pronto sin el menor recurso. No ya para vivir, ni siquiera para el velorio: ni una vela, ni un trago de café que ofrecer. Los cirios que ardieron esa primera noche fueron regalo de las vecinas.

La pregunta general era: "¿qué irán a hacer ahora?", y ni la madre ni la esposa habrían sabido contestar.

La Domitila contó que a ella la había ayudado el gobierno cuando su madre estuvo tan mala; le habían dado medicinas primero, después se la habían internado en un sanatorio, hasta que murió, y todavía le habían pagado los servicios fúnebres. Claro, para esto había que ver a doña Leonela.

Doña Leonela era tía del gobernador. Había que buscarla en la capital del Estado; hacía ya dos años que el sobrino la había puesto al frente de la Asistencia Pública. Ella había sido siempre una señora católica, triste y nerviosa. El día que tomó posesión del puesto, varios sacerdotes, desde los púlpitos, agradecieron el nombramiento a Dios. Se publicaron extensas biografías de ella en los periódicos locales. Leonela hizo un álbum con todo y lloró un poco cuando por última vez recibió a los pobres en ese cuartito posterior de su casa; era una pieza a la calle y en la puerta tenía un letrero: "Refugio Guadalupano." Durante largos años Leonela lo había atendido tres veces a la semana. Compraba ropa, medicinas, libros escolares, alimentos; llegaba a gastar buenas cantidades para atender a esos desdichados que le llegaban recomendados por sacerdotes, o por otros pobres. Cada vez que terminaba de aliviar tanta miseria parecía que se le ennobleciera el rostro y que los ojos se le dulcificaran. Después de algunos años, ésta se había vuelto su expresión habitual. Se sentía querida, respetada. Su viudez había adquirido sentido.

Cuando el sobrino (que ella veía como un hijo) le puso tamaña responsabilidad sobre los hombros, muchos gratos sentimientos la invadieron: un resignado heroísmo, un buen tanto de orgullo (que su confesor le aseguró era sano), un júbilo de niña con juguete nuevo. Le pareció que su "Refugio" crecía, se extendía al tamaño del Estado. Sólo la molestaba verlo disfrazado con ese título tan desprovisto de sentimiento: "Asistencia Pública."

La primera puñalada se la dio el mismo Tiquín. Resultó que, de pronto, ya no era Tiquín. Fue en Palacio, poco después de la toma de posesión. Ella estaba orgullosa, halagada, atendida y solicitada por todos. Su velo de viuda, que no se quitaba nunca, había adquirido de pronto un peso palpable; sus manos se llenaron de gestos sabios; agitaba la cabeza de una manera especial y el velo se convertía en un tocado regio. A todos contaba la biografía del sobrino. En un momento dado lo llamó por su nombre, "Tiquín", gozando un poco la deliciosa familiaridad que se le había vuelto, por vez primera, consciente. Tiquín se volvió, con la boca apretada y los ojos duros:

—Ahora, tía, soy el señor gobernador.

Leonela se vino abajo, deseó que la tragara la tierra y entendió en carne viva la despiadada sugerencia. Sólo la angustiaba pensar si en la intimidad debería usar también el título oficial, pero ya no hubo mucha intimidad en esos dos años.

Después vino la oficina, diariamente con tanto problema, con tanta noticia de pueblitos desconocidos, de rancherías, de las ciudades mismas. Debía dar órdenes a un ejército de jóvenes groseras e incomprensibles: las trabajadoras sociales, que se consideraban mal pagadas, se burlaban de ella a escondidas y la adulaban torpe y descaradamente. Y lo que era peor: nadie parecía notar sus generosidades. Sus virtudes se habían convertido en deberes y obligaciones. Los mismos periódicos parecían resfriados, con todo y que recibían subsidios.

Los pobres llegaban y llegaban. Ningún dinero era bastante. El primer año se le acabó el presupuesto a los cuatro meses. Tuvo que ir, llorando, a hablar con el sobrino. Recibió un regaño espantoso. Aprendió que el dinero debía durar, forzosamente, todo el año. No se le había ocurrido que podía renunciar, hasta que el señor gobernador (ya nunca era Tiquín, nunca) habló de pedirle la renuncia. Con eso se volvió cauta. Aprendió a seleccionar y a decir que no. Siguió adelante, aunque a su orgullo se mezclaran tantas gotas amargas de humillación. No entendía uno solo de los papeles que le traían a firmar; tenía que usar entonces algo nuevo, que había descubierto: la inflexibilidad y el dón de mando. Los descubrió un día en que había mucho ruido y alzó la voz. Poco a poco aprendió a alzarla más, a golpear el escritorio, a fruncir el ceño y a pronunciar adjetivos ásperos. Sus nuevas cualidades fueron bautizadas por la secretaria.

A veces se sentía agotada; a veces la conducta del sobrino era como una estaca en el corazón. Luego pensaba: "Pero me ha honrado con este puesto; me quiere, mucho, sólo que. . .", y entraba la secretaria con otro cerro de papeles.

De los pobres aprendió al fin la verdad: eran mendaces y adulones. Eran muchos, demasiados. Al final del segundo año ya los odiaba a todos. Rompía las cartas de recomendación sin leerlas; eran sucios; hacían crecer las montañas de papel en su escritorio; trataban de quitarle hasta el último centavo del presupuesto. Habría querido volver a los tiempos del "Refugio Guadalupano" para darse el gusto de echarlos a empujones y cerrarlo, y con todo el dinero que gastó allí comprarse un pasaje a Europa y no regresar nunca.

La antesala era eterna. Domitila acompañaba a la madre; ésta se sentía mal y lloraba de vez en cuando. Le contaron la historia a dos de las trabajadoras sociales, pero las dos se limitaron a expresar una gran compasión. Esperaron hasta el fin de las labores, esperaron después a la salida, por donde Domitila sabía que era el camino de doña Leonela.

—Verá usted, es tan buena doña Leonela— prometía. —Nada más que siempre está muy ocupada.

Y la madre decía "sí", pensando si el cuerpo aquel ya habría sido hallado; si ya, cuando menos, podría enterrar la carne que había echado al mundo.

La dama de negro apareció al fin, con la frente alta, buscando el viento como un velero, para sentir flotar la tela de su toca.

La escoltaban dos empleadas.

Domitila y la madre realizaron el abordaje: la alcanzaron con pasos menudos y Domitila empezó a hablar, pero durante algún tiempo la dama no parecía oír. Al cabo, se detuvo:

—¿Y qué es lo que quieren?

Domitila se cohibió, le pegó con el codo a la madre.

—¿Y qué es lo que quieren? —repitió.

La otra se sobresaltó, no supo lo que querían. Al fin propuso:

—No tenemos dinero para el velorio.

—Aquí no damos dinero para festejos. Ya sé lo que son sus velorios. Aguardiente, balazos, orgía. Eso no es respeto a la muerte ni es nada.

Iba a seguir de largo. La muchacha a su lado la detuvo.

—Han de querer ayuda para el entierro—. Silencio. Siguió: —Si quiere voy a investigar.

—Pues vaya usted—. Y subió al coche.

La trabajadora social quedó con las dos suplicantes. Les pidió más datos, la dirección. Les dio dinero para los pasajes de regreso.

Cuando volvieron a la ranchería, el cuerpo seguía sin aparecer. Seguía la vigilancia en diversos puntos del trayecto, que no era muy largo, pues el mar estaba cerca. Se mencionaron los tiburones. Algunos aseguraban haberlos visto corriente arriba, y no parecía imposible, porque el río es muy hondo.

La trabajadora social llegó al anochecer. Visitó la choza, acarició a los niños, habló con Domitila y con Erasto, fue tomando notas de todo en una libreta. La acompañaron hasta el río, vio brillar los fanales y habló con los extranjeros. Cuando supieron que la enviaba el Gobierno, se aterrorizaron. Explicaron muchas veces que no tenían ninguna responsabilidad, volvieron a detallar el accidente y entregaron a la trabajadora una gratificación de cien pesos, que ella dio a la familia. Regresó a la capital en el último camión y al día siguiente rindió un informe.

Doña Leonela lo leyó, saltándose muchas líneas.

—¿Y qué es lo que quieren?

—Ayuda.

—¿Son las del velorio?

—Sí.

Meditó: —Que se les pague el entierro. No les den el dinero, lo gastarían en aguardiente. Mandc usted comprar la caja, una caja humilde. Y que pasen acá la cuenta de gastos del entierro. Se les liquidará.— Empezó a leer otro informe.

—Pero no podemos pagarles el entierro— interrumpió la trabajadora.

—¿Por qué no?

—Porque no hay cuerpo que enterrar, no aparece.

—¡Pero esa gente es el colmo!

La trabajadora volvió a explicar todo.

—Son pretextos, los conozco. Ellos mismos escondieron el muerto para recibir el dinero y bebérselo. Pues no: no hay entierro, no hay dinero—. Y golpeó la mesa.

—Está muy bien—. Pero pensó: "vieja tacaña". Y decidió que la caja, cuando menos, no sería nada humilde.

La mañana del cuarto día todos estaban ya convencidos de que el cuerpo no iba a aparecer jamás. Erasto aseguró haber visto un tiburón, río arriba. Empezaron a desinteresarse en la búsqueda, o siguieron esperando porque sí, por no dejar. Entonces fue cuando la familia recibió la caja. Una camioneta la trajo, dos hombres les pidieron que firmaran, y la esposa puso una cruz.

Parecía una caja muy fina, forrada de tela negra, con una ventanita en la tapa, unas asas ligeramente oxidadas y adornos de metal en derredor. La agradecieron mucho, pero no supieron qué hacer con ella. Se les advirtió que les pagarían el entierro, pero ya habían perdido toda esperanza de que hubiera entierro.

Los vecinos admiraron también el ataúd. Domitila pensó, por un momento, que deberían enterrarlo así, vacío, pero a todos les pareció una tontería.

Lo guardaron debajo de la cama, pero ahí asustaba a los niños (ya les habían dicho que era una caja de muerto); lo metieron al corral, pero las gallinas empezaron a ensuciarlo. Afuera de la casa era imposible que estuviera. Al fin, lo pusieron de pie: esquinaron un ropero y lo acomodaron detrás, pero los adornos de metal, muy grandes, no permitían un equilibro permanente y se venía súbitamente de boca, balanceaba así al frágil ropero, amenazando tirarlo; esto ocurría cada vez que pasaba el tren. Allí lo dejaron, sin embargo, porque las dos mujeres ya estaban hartas de andar acarreando el fúnebre mueble de un lado a otro.

Estaban preparando café para el final del novenario. Domitila les preguntó:

—¿Y de qué van a vivir?

—Pues de milagro, tú, ¿de qué otra cosa?—, dijo la viuda, y así el punto quedó aclarado. Después, se arrodillaron todos.

Una anciana, doña Dalia, dirigía al pequeño coro, que respondía: "ruega por él, ruega por él". Pasó el tren, y detrás del ropero sonó el estruendo del derrumbe. Acudieron la madre y la esposa, fastidiadas, abrumadas, sintiendo por vez primera que aquel cajón vacío acabaría tomando proporciones ridículas.

Iban a arrodillarse de nuevo cuando doña Dalia empezó a toser angustiosamente, como si se le fuera la existencia. Tardó un poco en reponerse, reanudó el rosario. La viuda y la madre tuvieron una misma idea, que no se comunicaron de momento. Pero disimuladamente empezaron a ver las caras de todos, escrutando las marcas del agotamiento, o de los años, o de la enfermedad.

LOS HUÉSPEDES

A mi padre

CÓRDOBA, en el verano, se puebla de insectos voladores. La noche se llena de minúsculos monstruos y las habitaciones de sombras movibles. Tratan de atravesar los vidrios de las ventanas o el cristal de las lámparas, intentan arder inútilmente en la incandescencia mortecina de los focos, se les oye golpear y golpear, desesperados, cada cual como un fénix sin hoguera. Por la mañana las fuerzas se les acaban, también la vida; caen marchitos entonces, dando débiles aletazos de un lado a otro de los burós, llueven en los manteles, dejan un polvillo sutil y repugnante sobre el pan o naufragan entre la leche próxima a los labios (y entonces, un grito y un vaso roto pueden ser sus pompas fúnebres).

Carlos no supo nunca si le desagradaban más esos monstruos enormes, negros, del caparazón y el cuerno único, o las grandes mariposas del nombre prostituido, las falenas de color sucio y caras de mal agüero.

Infalible, la palomita (eso era esta vez) cayó en su vaso. Nerviosamente lo hizo a un lado; la tía Rocío le trajo otro sin decir nada y apartó aquél para la gata. Carlos dijo "gracias, tía" con los labios, para no interrumpir al padre, que desgranaba una lección interminable sobre el cuidado de los animales.

Carlos no había bañado al chivo, a Carlos se le había olvidado darle de comer al chivo, Carlos no lo había amarrado bien y el chivo entonces se había tragado un camisón de dormir muy fino, que la vecina había traído de los Estados Unidos.

—Era náilon, lleno de encajes— acotó suspirando Rocío.

—Porque si no lo amarras y no lo cuidas, ya sabes: barbacoa.

—Cuando lo vi, todavía le colgaba de la boca una tirita. Ya ni se la quité, me dio miedo que me mordiera—. Rocío y sus miedos.

Si cuando menos no hiciera tanto calor. Desde esa hora, empezar a sudar.

—No van a valerte lágrimas ni ruegos. Quiero ver blanco a ese animal, ¡y bien amarrado! O si no, ya sabes, con mucho gusto nos lo comeremos todos, y a ti voy a obligarte a que te comas un pedazo.

Eso era el colmo; el papá podía ser odioso si lo deseaba. ¿Obligarlo a comerse su chivo? (Se le atoró el pan.) Por la mente le cruzaron imágenes aventureras: un joven audaz, con su atado al hombro, desafiando tormentas y distancias, acompañado por el fiel animal. Otra imagen: la lluvia, torrencial, y el muchacho abrazando al chivo en el fondo de la gruta; los dos fugitivos tiemblan, un rayo cae cerca, pero no van a volver allá.

Víctor le vio los ojos a Carlos, brillantes y fijos. "Me tomó en serio el muchacho idiota." Así le pasaba también con las hermanas, decía excesos grotescos, de ogro, siempre dispuesto a reírse al final, y ellas temblaban y huían a la otra pieza. Pero aclarar, o retractarse, no era buena disciplina. Pidió la fruta, que él tomaba siempre al final del desayuno, mientras Carlos (esas costumbres gringas) la tomaba al principio.

El tren silbó. (Vivían a dos cuadras de la estación.)

—Las nueve.

Un minúsculo carro de naranja llegaba en aquel ramal de juguete (vía extra-angosta) cuya locomotora habría cabido a gusto en el interior de un tranvía.

Víctor se fue a recibir la fruta. Carlos, en la ventana, lo vio alejarse.

—¿No vas ahora con él?

—No.

—Hijo, baña a ese chivo, porque si no tu padre lo mata. Tú no lo conoces, Carlitos, lo mata. ¿Está bien amarrado?

—Sí, tía.

Se quedó viendo la calle. El panadero, con la canasta en la cabeza. El arpista, contrahecho, con sus manos torcidas y el instrumento al hombro, iba a desayunarse al mercadito. A Carlos le gustaba oírlo, pero le daba horror verle las manos alrevesadas volando sobre las cuerdas.

María Chuchena se estaba bañando
y el techador la estaba mirando...

Ya había empezado. Algún borracho tardío (era domingo) lo acompañaba cantando ágilmente:

Ni techo mi casa
ni techo la ajena
ni techo la casa
de María Chuchena.

El son lo arrebató a un Veracruz perfecto, con el mar, los cocos, la delicia del mar... Aunque estaba tan flaco que sujetaba el calzón con los puros huesos, en su imaginación no le daba vergüenza desnudarse; allí era más robusto, y así saltaba al agua, a salvar aquella figurita lejana (¿millonaria, artista de cine?) que movía los brazos y gritaba. Olas, olas, él, audaz, y el chivo nadando tras él...

La sombra lo interrumpió. Alguien se había parado, a contraluz, y estaba allí sin hablar, como dudando: una muchacha. Vio al compañero después, un poco más vacilante, como queriendo huir, culpable o avergonzado. Ella habló:

—¿Sabe? Vendemos estos aretes—. Y sonrió.

—No, gracias —contestó automáticamente, como habría respondido a cualquier vendedor. ¡Qué bonita era ella! Alta, un poquito más que el joven. O serían sus tacones...

—Son muy finos —insistió ella, y sonrió de nuevo—. Véalos. —Los alargó de golpe, los puso casi en las narices de Carlos.

—Vámonos, oye. No los quieren. —El compañero, la jaló del brazo.

—Espérate. Son finos, ¿ve?

—Sí, son muy bonitos, pero yo... —Vio a los dos. Antes que en la cabeza relampaguearon allá muy hondo la simpatía, la vergüenza de haber sido brusco y el deseo de ayudar—. Es que... Deje enseñárselos a mi tía.

Se los quitó de la mano y corrió con ellos al interior de la casa. Hasta entonces pensó en palabras: "no vayan a irse, pobres". Y: "no, no pueden irse", apretando los aretes con júbilo.

—Mire, tía.

Rocío estaba en la cocina, con Guille.

—Es filigrana. No están feos —dijo ésta.

—Pues mira, yo creo que son falsos. (Rocío debía llevarle la contraria a Guillermina.) ¿Cuánto piden por ellos?

—No sé.

—Han de ser muy caros. Diles que no, Víctor anda muy gastado.

Y Guillermina:

—Pues están muy bonitos.

Tenía tantos deseos de alabarlos y defenderlos que un maldito pudor se lo impidió, mientras el demonio del disimulo le arrancó de la lengua estas palabras:

—Tal vez sí sean falsos.

—¿Verdad, Carlitos?

Se odió, se maldijo. "¿Por qué, por qué?" Tal vez también por llevarle a Guille la contraria, pues aunque no era mala no dejaba de ser la segunda esposa de Víctor. Aquellos pobres... ¿Por qué pobres? Bueno, se veían apurados, él tenía vergüenza...

—Tal vez sean falsos —concedió Guille.

—O quién sabe. Pero sí son bonitos, ¿verdad?

—Dígales que no, Carlitos. —(La madrastra le hablaba de usted.)

—Son unos muchachos. No parecen de aquí.

—¿No?

—Ella es muy alta. Son simpáticos. —Habló más aprisa, se sintió enrojecer. Dio la vuelta para irse y que no lo notaran, pero la gota de curiosidad ya había corroído a las mujeres.

—¿Son vendedores?

—¿Cuántos son?

—Son dos. No son vendedores. Allá están afuera.

Y Guille, dizque desconfiada:

—Y está sola la pieza, vámonos para allá.

Los dos seguían afuera. Discutían algo atropelladamente, se callaron al acercarse la familia. Saludos, plática:

—Sí, Carlitos nos enseñó los aretes. ¿De dónde vienen ustedes?

Rocío parecía dirigirse más bien al joven, pero contestó ella:

—De México.

—¡De México! —suspiró Guille—. Tan bonito México. ¿Y cuánto valen los aretes?

—Veinte pesos.

—¿Veinte pesos? ¿Tan baratos?

Rocío abrió tamaños ojos. Guille le dio un codazo.

—Pues yo creo que sí los compramos, ¿verdad?

—No, Guille, esto es un crimen. Estos aretes valen mucho más. ¿Por qué los venden?

La muchacha bajó la vista, se humedeció los labios, luego la miró francamente a la cara:

—Tenemos que llegar a Chiapas. Nuestra madre está enferma.

—Ay, pobrecitos. ¿Y no traen dinero?

—Vendemos esto. También este collar. —Lo sacó de la bolsa. Era otro objeto de filigrana y coral, flexible y grueso, con una gran cruz salpicada de perlitas.

—¡Qué divino es! (Lo tocó Guille, se lo probó.) Precioso. ¿Y éste?

—Denos cincuenta pesos.

—Ay, no tengo ahorita. ¿Y tú, Rocío?

—Es que no es justo, esto vale mucho más. Me encantan estas joyas, pero... ¿Por qué no vuelven ahora que esté Víctor? Además... (Se quedó pensando.) Es que con eso no llegan a Chiapas, criaturas. ¿Por qué no vuelven? Víctor es mi hermano, el papá de este jovencito y el esposo de Guille. También tienen otros niños, pero mi hermanita los llevó al mandado.

Carlos se ruborizó. ¿Qué le importaba todo eso a ellos? Pero la muchacha sintió la amabilidad detrás de las divagaciones.

—Bueno. ¿A qué hora volvemos?

—Él está en la estación, descargando un carro de fruta...

—Dentro de una hora— interrumpió Carlos.

Se fueron. Los vio meterse al mercadito, caminando despacio. Él traía la chamarra más hermosa que Carlos había visto nunca. "¿La venderá?" Se avergonzó de la idea. "Van a ver a su madre enferma." Además, le quedaría grande. Él era simpático. Ella tenía unos ojos enormes, verdes. A Carlos le encantaban las heroínas de ojos verdes.

Llegó Aminta, con los dos niños. El tercero lloró en la cuna, pero no hicieron caso, por contar lo de aquellos dos jóvenes, tan decentes, que vendían alhajas maravillosas en casi nada. "¡Veinte, cincuenta pesos!"

No había cebollas y Carlos corrió al mercado. Buscó entre los puestos, pensó que se habían ido y una ligera congoja le refrenó los pasos. En la fonda estaba el arpista, con las dos manos torcidas revoloteando, el instrumento entre las piernas y esa expresión ida, un poco anormal, que horrorizaba tanto a Carlos. Pero la música era... No tenía palabras, lo regocijaba, le daba nostalgias de algo que no había llegado, lo hacía desear bailar (él no sabía). Compró las cebollas, eludiendo siempre ver la fuente de la música. Pasó muy cerca, vio el movimiento con el rabo del ojo y el corazón le dio un vuelco: allí estaban desayunando, tras el hombre del arpa, sentados en la banca corrida, entre un borracho y una anciana de rebozo. Se les quedó viendo, como un bobo, sin saber qué hacer. El joven se volvió de pronto, lo vio, le sonrió y dijo algo a ella, que también se volvió a sonreírle. No supo si huir o acercarse, y en la duda ya estaba junto a ellos. Movió las manos, tiró las cebollas, sonrió:

—¿Gustas?

—Gracias. ¿Están desayunando? (Qué pregunta más idiota.)

—Sí. Tómate un refresco, ¿no?

Se puso rojo. ¡Qué buenos eran! Si ni tenían dinero.

—Gracias. No. Miren... Ahorita llega mi papá. No se vayan. Es decir, vayan al ratito.

Tropezó al darse vuelta. Corrió, huyó.

—Ahí están desayunando, en la fonda.

—¿En la del mercado? Pobrecitos. Es que están tan pobres.

Víctor oyó la noticia por tres bocas distintas. Aminta daba detalles como si hubiera estado allí.

—No sean tontas. Ha de ser una parejita de estafadores.

—¡No, Víctor! ¡Imposible! Aunque fueran falsas, serían baratas. —No tienes idea qué primores.

Tardaban en llegar. Las tías se pusieron a coser, con la atención en la ventana. Carlos se sentó en el antepecho. Se le ocurrió una idea horrible y la expresó:

—Papá va a irse a dormir.

Las tres mujeres se estremecieron: ¡la sagrada siesta de la mañana! Nadie dijo nada, pero los cuatro pensaban lo mismo. Fue como un concilio silencioso y Aminta dio al fin la respuesta:

—Creo que no van a alcanzar las cebollas.

Carlos corrió al mercado: ¡Ya no estaban ahí! Sintió un vacío en el estómago, casi como un golpe, al ver la banca de la fonda ocupada por otras gentes. ¿Y ellos? Corrió por aquí, por allá. De pronto era esencial hallarlos, auxiliarlos, ¿dónde, cómo? Y el caso urgía, papá podía dormirse, ¿y entonces? "¡Demasiado tarde! ¿Por qué, por qué no vine antes?" Se insultaba: "cobarde, estúpido", y caminaba entre los puestos, se enredaba en las cuerdas, tropezaba con las viejas. Se metió en un charco, empujó a una niña, retrocedió y pateó entonces los montones de naranjas; ayudó a recogerlas a la gorda gritona, pidiendo disculpas humildemente, con el estómago oprimido por el fracaso. Y, de pronto, ahí estaban ellos, agachándose también, riendo, recogiendo naranjas y acomodándolas en el puesto. Sin aliento, sin creerlo casi, un gozo exagerado le gritaba: "¡aquí están, aquí están!" Nada más dijo, muy serio, con los ojos muy abiertos y una naranja en cada mano:

—Ya llegó mi papá.

Él se quedó en el butaque, en un rincón; Víctor en su sillón de costumbre, con Guille junto a él; Aminta y Rocío en las dos sillas y en el sofacito los dos muchachos, ascendidos de vendedores a visita. Al cruzar el umbral ella había hecho la presentación, muy formal, diciendo:

—Permita que nos presentemos. Mi hermano, Gabriel Corzo; Consuelo Corzo para servirles. Nuestro padre es el diputado Corzo, de Chiapas.

¡Qué bien hablaba! Él, en cambio, parecía tímido, sonreía, bajaba la vista y completaba raramente las frases sonoras de su hermana.

Rocío y Aminta se bebían con los ojos a Gabriel.

Víctor no perdía una sola de las palabras de Consuelo, y asentía a cada momento:

—Es muy cierto, señorita—. O: —Tiene usted mucha razón.

Carlos no respiraba casi. ¿Cuál era el adjetivo? No sabía decirlo ni para sí mismo, no se atrevía a calificarlos. Quería decir: "¡qué buenos son!", o "¡qué simpáticos son!", pero sólo pensaba: "¡qué... son!", y los tres puntitos los llenaba con un sentimiento cálido, que le oprimía el estómago como el miedo y lo hacía enrojecer cuando creía que los había contemplado demasiado.

Se quedaron a comer; Guille, feliz, fue dueña al fin del collar y los aretes, aunque Víctor pagó tres veces el precio que los dueños pedían. Y es que habían contado una historia muy simple y muy conmovedora: Consuelo y Gabriel eran hijos de una madre humilde, con la que el diputado Corzo nunca se había casado. Habían sido llevados a México desde hacía varios años, para estudiar, y el diputado Corzo había tratado deliberadamente de hacerles olvidar a la madre humilde y abandonada. Pero ellos le escribían, y le mandaban dinero, y ahora que estaba enferma se habían escapado a verla, sin dinero y sin ropa casi, porque el diputado Corzo era un padre feroz y arbitrario, que los mantenía semipresos y que los cercaba con una red de espionaje.

—Pero no hay amor como el de madre, señor, y por eso nos vamos con ella, aunque sea humilde.

—Yo puedo trabajar allá— empezó tímidamente Gabriel, y lo interrumpió Rocío con un apasionado:

—¡Pobrecitos, qué razón tienen!

Y Aminta: —Se quedan a comer, ¿verdad, Víctor?

—Naturalmente, no faltaba más.

Sólo Guille insinuó: —Quien sabe si alcance...

—Pero nadie le hizo caso.

Y se quedaron. Recibieron con incomodidad el precio de las alhajas, pero comieron franca y voraz, alegremente, entre la activa compasión de la familia.

La sobremesa fue larga y entorpecida por el calor. Dos avispas zumbaron sobre los postres y Rocío las espantó gentilmente con una servilleta.

—Tienen el panal en el gallinero— explicó Carlos sensacionalmente. —Si quieren podemos verlo.

Y ellos sonrieron, condescendientes, y lo hicieron sentirse un niño, esto es, un extranjero minúsculo y sin importancia.

Con el primer café se supo que Consuelo escribía versos. No fue fácil que accediera a decir algunos, pero al fin los desgranó con su voz rica y voluminosa:

En el parque silente, como rosa caída
del rosal espinoso que se llama la vida
encontraron el cuerpo de la bella suicida...

Eran largos y hermosísimos. A Carlos le latió el corazón más aprisa, porque intuyó el secreto. También Rocío, y se atrevió a preguntar, llena de significados:

—¿Por qué escribió esos versos *tan sentidos?*

¡Era ella! ¡Tenía que ser ella la suicida! Cuando ya sólo Carlos y Rocío quedaban en la sobremesa, lo confesó con los ojos en el fondo de la segunda taza, la voz queda, remota, llena de recuerdos. La razón no era clara, pero el diputado Corzo se perfilaba cada vez más monstruoso, más tiránico. Y la obligaron a decir otra vez esos versos, y luego Rocío escribió los mejores trozos en un papel, con la otra dictándole despacio.

¡La bella suicida! El niño lloró un poco, allá en la cuna, y Rocío fue con él, porque Víctor y Guille se habían encerrado en su recámara, y Aminta cosía un vestido que tenía que entregar.

Los tres solos, fue como si algo se transformara. De algún modo misterioso ellos hablaron el lenguaje de Carlos.

Fue Gabriel quien empezó:

—¿Vamos a ver las avispas?— Realmente quería verlas, también, Consuelo.

Fueron al patio de atrás y ahí estaban, también las gallinas, alborotando y escarbando en la tierra roja. Al otro lado, el chivo, con los pelos pegados y el ceño fruncido, furioso porque nadie lo había sacado a pasear, muerto de sed. Carlos se apuró, le trajo agua.

—Se llama Ramsés— explicó.

—¿Cómo?

—Es un nombre egipcio: ¿Te gusta? —¡Ya! ¡Qué barbaridad! ¡La había tuteado! Tartamudeó, rectificando: —¿Le gusta?

—No me hables de usted. Vamos a hablarnos de tú, ¿no?

Bañaron al chivo entre los tres, lo dejaron blanco, satisfecho. Después lo sacaron a pasear por la vía verde, saltando los durmientes, riéndose, platicando de películas y de monitos. Era todo tan cómodo, tan fácil; había entre los tres algo evidente, que compartían, y muy oscuramente lo supo Carlos, sin pensarlo, nada más sintiéndolo.

En el kilómetro dos la vía se alzaba, mientras en ambos lados se tendían los naranjales, tan tupidamente floridos que parecía como si alguien hubiera echado encima las sábanas a secar.

—¡Qué olor! ¡Qué olor! ¡Qué divino!— y alzaba los ojos verdes, y brincaba, y hacía equilibrios sobre los rieles, enseñando las piernas hasta arriba de la rodilla. De pronto dio un grito salvaje, feroz.

—¡Consuelo!— Gabriel se asustó, Carlos corrió junto a ella, que estaba riéndose ahora, como loca.

—¿No les dan ganas de gritar, a veces?

Se tiraron bajo un árbol, mirando al cielo punteado de zopilotes ebrios, monótonos.

—Ya empezó el sol a clavar el pico— dijo Gabriel, y en seguida: —tenemos que buscar un hotel.

Carlos tenía en sus manos el monedero de Consuelo, le daba vueltas inconscientemente.

—Vamos a ver qué traigo— dijo ella, y los tres se encuclillaron, como si hubiera algo inesperado y único en el bultito de piel.

Como un mago ella lo abrió y buscó dentro. Pausa, expectación:

—¡Chicles!

Los hizo aparecer, sonriendo, y Carlos aplaudió. Le tocó uno, y otro a Gabriel. Ella no quiso.

Seria, porque esto era importante: —Mi lápiz de labios. Polvera—. Triste: —Una carta de mamá—, y sacó un papel arrugado, poco legible ya. Con jocosa seriedad e importancia: —Mi lápiz—. Y era apenas un centímetro de madera mordisqueada.

Los muchachos se rieron.

—Siempre los muerde— dijo Gabriel.

Muy seria: —El dinero—. Tierna: —Mis apuntes.

Era un cuadernito minúsculo, que puso en manos de Carlos. Él lo abrió y empezó a leer con el corazón dándole brincos, aunque sabía que le estaba permitido, que le habían dado derecho a compartirlo. Leyó en voz alta:

—"Martes. Malena, ocho a diez. Cuatro metros y medio..." Una dirección... Algo más, tachado, ilegible ¿Qué? Le galopó el corazón de nuevo, ella no explicaba nada y a él le hacía falta un guía para entender aquello, pero no se atrevía a preguntar, todo parecía tan importante...

—"Ya me voy, mundo, amigos míos,
sin rencor ni... (No entendía) ¿Tristeza?
Mi corazón se lo encomiendo a Dios..." ¿Versos? (Qué distintos de los otros. Éstos no le gustaban mucho, más bien no le gustaban.)

—Sí. —Estaba seria, ausente, oyéndolo, como si ella tampoco supiera lo que había escrito.

—Los escribió cuando... hizo aquella idiotez.

—Cuando quise matarme. No me dejaron. ¿Por qué no me dejaron?

—No digas tonterías, ¿quieres? —Gabriel la tomó por la muñeca, violento. Quedaron viéndose, y algo incomprensible le aleteó a Carlos en la cara.

—¿Y los otros versos?

—Ah, los otros. Los hice entonces.

Volvió la página. Qué angustioso era aquello. Quería saber, entender. ¡Sufría! Algo lo atormentaba y no sabía qué. Los vio compartir esto, la libreta, y se sintió aislado de pronto, abandonado. Volvió otra página: números de teléfono:

—Enrique: 12 15 32. Carlos... ¡Como yo, Carlos! 13 21 20—. Les sonrió. Gabriel estaba serio.

—Nunca le hablé— dijo ella —No, éste es...

Y Gabriel vio la libreta, y a ella, casi ceñudo.

—Es... ¡Es Carlos López, tonto!

—¿López?

—Sí. —Y como explicación. —Conocemos muchos Carlos.

Y cerró el librito y volvió a guardar todo en el monedero. Luego, de pronto, se levantó y echó a correr, gritando y riéndose, y los dos la siguieron, gritando, y el chivo corrió tras ellos, dando bricos por los terraplenes de la vía.

Volvieron cerca del anochecer. Recogieron la maleta, única y pobre, que la señora de la fonda había accedido a guardarles. Aminta había acabado el vestido y la cliente se lo probaba frente al espejo.

Amarraron al chivo. Víctor leía el periódico, y les sonrió: —¿Buen paseo, pollos?— Y con eso amarró a los tres, en un solo atado sonriente.

—Muy bueno, señor.

—Córdoba es precioso.

—Bañamos al chivo, papá.

Rocío les dio la noticia: ya habían arreglado recámara para ellos. El tren del Istmo saldría a las nueve treinta y cinco de la mañana.

Aminta se acercó, apresurada y feliz.

—¿Ya les dijiste, Rocío?

—¿De la recámara? Ya.

—¿Y de los boletos?

—Todavía no. Diles tú.

—No, tú.

Al fin, lo dijo Aminta, tendiéndoles el sobre:

—Víctor les compró los boletos.

Consuelo abrió mucho los ojos, luego sonrió.

—Muchas gracias, no se hubieran molestado. ¿Y cuánto costaron? Abrió el monedero.

—¡No criaturas, no! Les compró los boletos porque, válgame Dios, ese dinero no va a alcanzarles casi. Anden, tengan.

—¡No, señorita, qué barbaridad, cómo va a ser!

Habían enrojecido, se veían sin saber qué hacer.

¡Qué bueno era papá! Carlos quería gritar, casi. Corrió a abrazarlo y le besó la mano.

—¿Les compraste los boletos?

Víctor sonrió. Aquí estaban ellos, agradecidos, llenos de exclamaciones. Consuelo halló la frase exacta:

—¿Por qué es usted tan bueno?

Ahora se sonrojó Víctor.

—Quise mucho a mi madre. Ustedes son muy jóvenes y. . .

Sólo Guille no tomó parte en el regocijo general, y esa noche, en la cena, casi no alzó los ojos, y menos para ver a Consuelo.

Víctor se acostó temprano, prometiendo despertarlos. Carlos tendría que dormir en el cuarto de las tías y los niños se habían apilado en una cama, para dejar esa recámara entera a la disposición de los huéspedes.

Salieron a caminar todavía, Carlos y Gabriel y Consuelo. Por la noche el barrio se llenaba de ruidos; las sinfonolas, los borrachos, algunas jóvenes prostitutas, limpias y relucientes, paseaban de una cantina a otra. Es que era el barrio de la estación; estaban también los billares, y el vapor de las máquinas poniendo un halo sobre los focos. Las vías brillaban, húmedas, porque había lloviznado, y a veces, en una racha, llegaba el olor de los naranjales.

Subieron al techo de los carros, pasaron saltando de uno a otro; después se tiraron bocarriba (estaban húmedos) para ver las nubes corriendo, las estrellas, y esa lunita escasa y amarilla, cortada como una uña, con una estrella colgando de un cuerno.

De repente Carlos empezó a hablar, a contar cosas de su infancia, de su mamá, de los problemas con la madrastra y los medios hermanos, de la escuela y de las materias que más le gustaban: la Botánica, la Literatura, la Historia.

—Dime otra vez tus versos —pidió.

Ella empezó despacio, quedo, sin que la ahogara, sin embargo, el danzón aguardentoso de la sinfonola más próxima:

En el parque silente, como rosa caída
del rosal espinoso que se llama la vida...

¡La vida! Algo le hacía eco a Carlos en el centro del pecho, le subía a los ojos y a la garganta mientras oía otra voz que musitaba verso tras verso.

Se descolgaron al suelo sin hablar. Gabriel le había pasado una mano sobre el hombro y Consuelo, al otro lado, le había tomado el brazo como a un compañero, como a un hombre. Era algo precioso y frágil, que hubiera preferido romper, porque cada paso los aproximaba al fin. Un tren silbó.

—¡Me pega mi marido, me pega mi marido!

¡Era Consuelo! Se había tirado al suelo y gritaba y pataleaba, enseñando las piernas:

—¡No me pegues más, ya no me pegues!

Gabriel, rojo, le gritaba también:

—¡Loca, payasa, párate, que va a venir la gente!

—¡No me pegues, no me pegues!

Y vino la gente, sorprendida, curiosa, ferrocarrileros, prostitutas, señoras, corriendo a ver qué pasaba.

Y Consuelo se levantó sencillamente, se sacudió el vestido, se lo compuso:

—¿Me detienes mi monedero?

Y de pronto empezó a reírse, a carcajadas, y corrió, y corrieron Gabriel y Carlos, riéndose y dejando a la gente atónita, con la boca abierta.

Llegaron a la casa. Se dijeron "hasta mañana" y él los dejó en la recámara tan escrupulosamente arreglada por las dos tías. Antes de salir y cerrar se volvió a sonreírles: eran otros, dos extraños al borde de los lechos, iluminados a contraluz por la lámpara del buró.

Se desnudó, se acostó; no le bastaba el aire; muchos ritmos encontrados le brincaban en el pecho. Oía respirar a las tías y a los niños, regularmente, y el sueño no venía. Era un duermevela nervioso, caluroso, lleno de imágenes felices y de una angustia bárbara que lo hacía tragar saliva o removerse entre las sábanas sudadas.

Entonces iban por la estación, oscura, pero los trenes silbaban, silbaban. "¡No está el chivo!" Lo buscó, quiso correr tras él. "No hay tiempo", decía Consuelo. Lo tomó del brazo, como a un hombre. Gabriel ya no estaba y ellos subieron al techo del carro; las linternas verdes y rojas de los rieleros hacían señas de un extremo a otro del tren. ¡Habían salido! Ahí estaba Gabriel ahora, entre una nube de vapor, pero el paisaje seguía siendo el mismo, las cantinas, las prostitutas sonrientes. Arriba pasaban los cables de alta tensión, llenos de gotas de agua, como ábacos de vidrio; allá abajo corrían las mujeres, enseñando los senos. Se ruborizó, y Gabriel le pasó el brazo sobre el hombro, y él ciñó a Consuelo por la cintura, porque el tren iba aprisa, lleno de sacudidas y vapor...

Lo despertó la descarga eléctrica, subiendo por su espalda, llegando a su boca reseca casi como un grito, la garganta, el pecho oprimido, qué es esto, nunca, vibraba, se retorcía, y era como un fuego, un ardor fatigoso. Medio abrió los ojos: tenía los muslos húmedos, pegajosos. Qué sed. Aquello había pasado y él no entendía, se sentía quemado, con ese ardor intenso, constante, desvaneciéndose, ¿grato? ¿terrible? ¿qué le pasaba? ¿qué le pasaba?, y al tocarse otra vez, entendió: las clases de higiene, la palabra excitante, prometedora, en el comienzo del capítulo: Pubertad. No tuvo ya palabras, sólo sueño y un sentimiento agudo que poco a poco se iba calmando en lo oscuro.

Despertó sobresaltado, porque oyó voces allá en el comedor. "¡No me llamaron!"

Se incorporó de un brinco y empezó a vestirse. Sintió vergüenza por las manchas en la sábana, y las cubrió cuidadosamente.

¡Se iban! ¡Habían desayunado y se iban!

—¿Por qué no me llamaron?

—Hijito, dormías tan a gusto...

¡Maldita tía, maldita! Casi ya no había tiempo, ellos estaban listos. ¡Y todavía querían hacerlo desayunar!

La despedida fue rápida, cálida y agradecida. Sólo Guille se mostró un poco fría, pero Consuelo la abrazó, de todos modos, y también Gabriel. Se quedó en la ventana, recelosa, viendo a Víctor y a Carlos partir con ellos.

—Me perdonarán que no los deje en el tren, señorita. Mi trabajo... Tú los encaminas, pollo. —Con el sombrero en la mano, Víctor estrechó la de Gabriel, después lo abrazó: —Buena suerte. —Abrazó también, más estrechamente, a Consuelo, y se fue a recibir sus carros de fruta.

Siguieron los tres, despacio, con los trenes silbando, las viejas cargadas de pollos, los huacales, los vendedores de dulces, los pasajeros nerviosos, agrupados en el andén viejo.

—¡Allá viene, allá viene!

Carlos no podía hablar, no hallaba palabras, y ellos hablaban poco. La gente corrió, porque allá estaba la máquina, saliendo de la curva, llena de bufidos vaporosos, de silbatazos histéricos y campanadas. Allá venía, sí.

Los abrazó apretadamente, aunque en seguida subió con ellos. Esperó diez minutos que el tren tardaba en salir, cada vez más incómodo porque ya no quedaba nada de qué hablar.

—Que se alivie pronto tu mamá. Que la encuentren bien.

Por algún motivo aquello sonó falso, como si la mamá ya no importara y en realidad el viaje fuera el principio de alguna gran aventura.

Ellos se reían, nerviosos, llenos de una intimidad nueva que él no había notado antes. O tal vez él era otro; algo había cambiado y le ponía una distancia entre "anoche" y "ahora".

—Vamos a escribirte, pero nos contestas.

La tercera campanada, al fin. Los abrazó, un extraño ya, casi un intruso. Huyó al andén, vio al tren hacerse pequeño en la gran recta, vio el pañuelo de Consuelo por la ventana, lo vio desaparecer en la curva verde.

Se fue muy despacio a la casa, y allí encontró a Guillermina, triunfal, con el libro en la mano.

—¡Ya lo sabía yo que eran mentiras! Esos versos no son de ella, Carlitos, mírelos, aquí están.

En efecto, ahí estaban. No lo podía creer. ¿Entonces? Y Guille seguía:

—Ya lo sabía yo. Se los oí a doña Clotilde una vez, en la fiesta de la escuela. Y mírelos, aquí están, en el "Declamador sin maestro". Claro, como yo no sé nada, yo no hablo hasta tener los pelos en la mano. Si yo le vi los ojos a ésa, cómo veía a Víctor. Ay, pero cómo no se me ocurrió preguntarle antes a Clotildita. Mire, Carlitos, en el "Declamador". Eran puras mentiras.

—Pues mira, a veces hay coincidencias— arguyó Aminta débilmente.

—¿Usted cree que son hermanos, Carlitos? ¿Usted cree? Nos vieron la cara. Ésos se habrán fugado juntos...

—De todos modos, una buena acción es una buena acción...

—Nos vieron la cara. ¡Su mamá! Sí, su mamá. Es más, les apuesto que no hay ningún diputado Corzo. Puras mentiras.

—¿Y qué?— Lo vieron con sorpresa. Se le había escapado. Repitió: —Sí, ¿y qué?

Lo sentía muy claramente, pero no pudo decir más. Se fue al patio de atrás. Se sentó junto al chivo, que rumiaba tranquilo a la sombra del plátano. ¿Habría algo cierto? ¿Todo sería mentira? Estaba aquella carta arrugada, estaban los otros versos... ¿Y qué? Había algo más, mejor que esa historia que habían contado, había otra cosa pero ya no sabía cuál.

Abrazó al chivo; todavía olía a jabón; le sintió la suave lana con la cara e imaginó de nuevo a la pareja, en diversos momentos del día anterior. Entonces vino el adjetivo, muy claro. Lo dijo en voz baja:

—¡Qué hermosos son! ¡Qué hermosos son!

Era tan sincero, tan profundo, que le dolía. Volvió a cerrar los ojos y así se quedó, en la sombra, reconstruyendo, corrigiendo, reviviendo, prolongando.

MEDIA DOCENA DE SÁBANAS

Con los gritos del niño, doña Lorenza volvió la cara. Se secó lentamente las manos, y murmurando "qué mujer, qué mujer" tomó de un brazo a la criatura y la condujo violentamente. Palpó la puerta, se metió sin tocar y de momento no vio nada: por contraste con la luz exterior, sólo veía tinieblas salpicadas de manchas rojas y verdes.

—¡Susana!

La distinguió, tendida bocarriba, entre un revoltijo de cobijas y trapos.

—Te lo va a matar un coche—, advirtió, mientras Susana se incorporaba con desgano.

—Gracias, Lorencita—. Le dio vergüenza de ser tan abandonada. Sacudió al muchachito, lo nalgueó sin convicción y él empezó a berrear otra vez. —Muchacho maldito, ¿no le he dicho que no se salga? Lo voy a amarrar, va a ver, lo voy a amarrar.

Y lo soltó. La vieja observaba todo reprobatoriamente.

—Está enfermo, no le habías de pegar.

¡No le habías de pegar! ¡Y lo había castigado por ella! ¿Para qué lo había traído entonces a los jalones, como si el pobrecito hubiera hecho algo malo? Además, allí ni pasaban coches. Uno que otro, si acaso, dando tumbos sobre las piedras de la cuesta, o algún camión carguero, que subía hacia el mercado, zumbando, lentamente.

Salió doña Lorenza. Susana consoló al hijo. Luego, quedó absorta, con el muchachito abrazado. Se sentía débil; para desayunar había hervido unas hojas de naranjo, pero eso no alimenta; el pan se lo había dejado a los niños, que eran tres; todavía daba el pecho al menor, lo dejaba chupar y chupar sin objeto, hasta que el sueño lo rendía.

Afuera empezó a cantar una muchacha. Oía el ruido que todas hacían lavando ropa.

Ya era tarde.

—Se me están quietos aquí, sin salirse.

Convirtió al más pequeño en un rígido atado de carita inexpresiva. El mayor todavía gimoteaba, la niña se chupaba el pulgar ferozmente. Susana recogió trapos de aquí y de allá y salió al sol, tan estridente como un toque de trompeta.

Ahí estaban todas, afanadas, levantando nubes de espuma, jicareando el agua sobre las telas, tendiendo, exprimiendo. Habían colocado flores bajo el cuadrito de mosaicos donde estaba la Virgen. Allá arriba se agolpaba la ciudad, cuesta tras cuesta. Por todos lados la ciudad, cada calle bajaba como un arroyo empedrado, desatado entre tejas y paredones que verdeaban.

Susana echó su ropa a un lavadero; había varios libres. Muchas habían terminado ya y caminaban entre aquel laberinto temblón que formaban las cuerdas y las telas colgantes, o se sentaban en el pretil resquebrajado de la fuentecita seca, vigilando que el sol chupara el agua de las sábanas, los fondos, las camisas.

¡Alguien había dejado una tejita de jabón! Y Susana se alegró. Empezó a echar agua sobre los trapos, que olían mal porque los niños siempre tenían diarrea. Allí estaba la Lorenza, vigorosa, friega y friega contra el fondo áspero del lavadero. Lavaba muy bien y le traían mucha ropa, que entregaba muy a tiempo siempre, muy bien planchada. Susana no sabía hacer lo mismo. Le había lavado al profesor, hasta que vino un día a buscarla, impaciente, y se encontró con su ropa mojada y empezando a pudrirse. Desde entonces, nadie le daba ya trabajo; las vecinas la malrecomendaban: contaban cómo tendía las piezas y se sentaba al sol, y se quedaba allí dormida, y despertaba y no había ropa porque ya se la habían robado. "Ellas mismas me roban, estoy segura, la Lorenza y las otras."

—Lorencita, ¿no me presta su jabón un momento? Se me acabó el mío.

—Ay, mi alma, a ver si ya vas comprando.

Se lo prestó. La observó dar dos, tres pasadas. Apenas salía un poco de espuma, cuando:

—Ya devuélvemelo. Tengo que seguir o no acabo.

"Vieja tacaña."

—Gracias, Lorencita.

En la tarde sería bueno ir a Asistencia Pública. Allí le daban medicinas que no servían para nada. Ya se le habían muerto dos hijos, y otro iba por el mismo camino. El profesor había dicho que se le morían de hambre, pero qué iba a hacer. Comida, nadie daba. En Asistencia siquiera le daban medicinas, o si no, con las monjas, había una que era doctora y le recetaba cucharadas y papelitos. Pero era una caminata muy larga; los lavaderos quedaban en el barrio viejo, en una plaza que los turistas venían a ver siempre: tomaban fotos, admiraban los gruesos pilares y el nicho de la Virgen. Coloniales, ¿y qué? Mientras más viejos fueran, más serían las pobres como ella, que por siglos y siglos estarían allí pegadas, fregando trapos contra el fondo gastado de los lavaderos.

Acabó. Tendió. Se sentó en unas piedras y cerró los ojos, cara al sol.

—Ya se va a dormir—, dijo alguna, y las otras se rieron.

Es que Susana no era de aquí. Había sido mesera en el puerto, y allá ganaba bien, se divertía. El papá, muy gordo y muy alegre, no la cuidaba mucho. Pero llegó Rubén y se la trajo acá, porque era empleado del gobierno, decía. Mentiras, no tenía nada que hacer en Xalapa ni en ninguna otra parte. Había sido mozo alguna vez, o algo así de humilde; no era nada. Es decir, borracho sí era, y malo. Susana lo quería pasivamente, demasiado cansada, floja y hambrienta para buscarse otro. Además, todos eran iguales: los que nunca tomaban, y trabajaban y eran buenos, eran así por feos o por viejos. El sol en la cara, los ojos entrecerrados, no se quedó dormida pero sí en una plácida ausencia, la mente en blanco, asomándose apenas los bordes de algunas gratas imágenes involuntarias.

Llegó Crucita, diligente y ansiosa.

—¿Quién me va a lavar esta ropa? ¿Quién me la va a lavar?

Era una viejecilla doblada, de chongo y chal, que parecía no sentir el calor. Primero no le contestaron, luego, Lorenza inició el ataque:

—Lávela usted, Crucita, y lávele la cola a su patrona, que bien cochina la ha de tener.

—Conmigo no se meta, que yo no les he hecho nada. Dígaselo a ella si quiere, y si es tan valiente.

—¡Usted tuvo la culpa de todo!

—Vieja lambiche—, dijo una voz de falsete tras un pilar.

Alguien sacudió una camisa empapada y el agua fue a llover sobre Crucita. Otra pasó con un envoltorio y la empujó de refilón, sin disculparse ni nada.

—No sean así, yo no tengo la culpa. ¿Ninguna va a lavarme la ropa?—. Se movía nerviosamente, esquivando empujones y frases.

Lo que había sucedido, que a la pobre de Albina la habían metido a la cárcel y todavía no salía. Porque Crucita era criada de doña Delfina Zavala, y doña Delfina era suegra del Presidente Municipal, por lo tanto su ropa era muy fina y requería más cuidados: jabón en escamas, refregado a pulso. Por eso Cruz no lavaba, cuidaba el caserón y bien que le sacaban el jugo. La ropa, iba fuera. Cruz era responsable de todos modos: que nada pasara, que no se perdiera ni un pañuelo: doña Delfina se lo haría pagar a Cruz, descontándoselo del sueldo, y Cruz se lo haría pagar (con ganancia) a la directamente responsable. ¡Pero la pobre Albina! Había perdido tres camisas, náilon, americanas, que el Presidente Municipal se había comprado en Los Ángeles. Cualquiera pierde una camisa, a cualquiera le roban ropa, pero doña Delfina misma había venido, no se podía creer, detrás de Cruz y delante de los gendarmes. La Crucita temblaba, corría como una rata por todas las accesorias, buscando las camisas, fingiendo mucho escándalo y alarma para dejar bien asentada su inocencia. Se llevaron a Albina y la encerraron, para que aprendiera, la pobre, tan buena, tan decente.

—¿Ninguna va a lavarme la ropa?—. La empujaban, le gritaban obscenidades con voces de máscara, cada vez más agresivas: No se dio por aludida. Les tenía miedo.

"Éstas son capaces de pegarme o de tirarme al depósito" rebosante de agua.

—Pues ustedes saben, eso menos ganan. Al fin que no falta quien lave, y menos a doña Delfina—. Hubiera querido gritarles algo, pero no se atrevió.

"Ya verán, voy a decirle a la señora que les corte el agua."

Iba a marcharse. La detuvo Susana, como indecisa:

—¿Y cuánto pagan?

—A siete la docena.

Dudó un momento. Después, tomó el bulto de manos de la vieja. Oyó los chiflidos de las otras, pero le importó más el peso de aquello: tuvo que ponerlo en el suelo, mientras la viejecilla lo había cargado fácilmente.

—Necesito para el jabón.

—El sábado tiene que estar lista. No la refriegues contra las piedras. ¿Dónde vives?

Susana apuntó al cuchitril, un cuarto único con puerta a la calle.

—Bueno—. Miró triunfalmente a las otras, disfrutó su poder. Amonestó a Susana—: ¡Y mucho cuidadito!

La fuerza de la unión se le estaba evaporando a las otras. Apenas si se atrevió alguna a remedar:

—¡Mucho cuidadito!

Y otra:

—¿Por qué no le dice "acuérdate de Albina"?

A Susana no le importaba: "éstas, de todos modos, no me quieren". Regateó el anticipo: cinco pesos. Los apretó en la mano viendo a la otra trepar, cuesta arriba hasta la casa del zaguán imponente.

Cuánta ropa, y qué pesada. La metió al cuarto, cerró. Qué le importaban ni Albina ni las otras. Corrió a comprar verduras, un pedazo de carne, un poco de café... Si tenía suerte, tal vez Rubén no viniera a comer.

No vino. Susana saboreó despacio los trozos de res, le dio un poco a los hijos: mascaba los pedazos previamente, se los empujaba dentro de las bocas entreabiertas, ávidas como picos de pájaros. Después, los hacía beber el caldo a cucharadas. Ella bebía en la olla y se cubría de sudor con cada trago. Descansó. Cuánta ropa era. Tendría que conseguir una plancha prestada. Tal vez ahora doña Delfina podría ayudarla, tal vez le consiguiera algo al marido, un trabajo. Se llenaba de planes, sin decidirse a romper su placidez digestiva.

Abrió por fin el bulto: qué limpia estaba. Se alegró. Mejor pagada y se la traían casi limpia: una sombra apenas en los cuellos de las camisas, una que otra manchita en las sábanas. Todo era fino. Se probó sobre el vestido una pantaleta de encajes. ¿Y para qué servía eso? Se rio, ella no usaba nada. Un fondo la espantó: qué delicado. Decidió empezar con las sábanas; eran seis, en un ángulo tenían bordada una D, entrelazada con una Z; había dos diferentes, marfilinas, más tenues, con un jardín de seda brotando en las iniciales.

Atardecía. Ya nadie más lavaba. Susana refregaba entre los puños, tela contra tela, con un ritmo tan preciso como el de un reloj. Esa noche tendería en su cuarto, asolearía mañana. El movimiento parejo, casi hipnótico, la lavaba por dentro, la dejaba flotando entre recuerdos y gratas escenas inventadas. Venía el café de Veracruz, con los alegres rieleros habituales, venían el padre y las hermanas, también venía un Rubén muy pulcro y cariñoso, que la cubría de flores y regalos. Agua, dos remojones, frotar, frotar, frotar. Espuma. Agua, dos remojones... Pero el café lo habían cerrado, el padre ya había muerto, ya no veía nunca a las hermanas. Agua, dos remojones, frotar. Susana había engordado, y estaba fea, y ya no había en el mundo más cosas que Rubén, y los hijos muriéndose uno tras otro. Espuma. Agua, dos remojones...

Era noche cerrada cuando acabó. Dejó que el agua limpia corriera sobre las telas. Sentía dos cauterios en los pulmones. Un vientecillo fresco daba vueltas por la plaza, cimbrando los tendederos, estremeciendo el foco de la Virgen. Así, todo vibraba, todas las sombras eran un poco pendulares.

Para orearlas un poco las fue colgando, bien extendidas, una a una. Se sentó al fin, frotó la espalda, con delicia, contra la fresca piedra del banco. Al mover la cabeza oyó tronar las vértebras del cuello. Allá estaba la luna, gorda y cremosa. Se quedó así, con la vista perdida, buscando las borrosas estrellas.

Los pasos resonaron desde muy lejos. "Ahí viene aquél", pensó. Ya llegaba a la esquina, pero aún lo ocultaba el revolotear lechoso de las sábanas. Y lo vio aparecer, sacando chispas con los tacones, irremediablemente conducido por sus pies; se dirigía a la casa, con un desgano torvo desbordándole en cada gesto. "Viene hablando solo, así es que tomó."

—¿A quién estás esperando aquí?

—Estoy viendo que se oree la ropa—. "Nunca me dices *cómo estás*, ni nada."

—La ropa. Cuzca, ¿qué haces ahí sentada?

—Lavé hasta tarde, no seas así.

Él observó la ropa ajena, vio a la mujer sonriente, se quedó ahí parado, sin saber qué otra cosa decir.

—Siéntate un rato, ¿no?—, propuso ella.

Él lo hizo, en silencio, mientras puerilmente trataba de hallar algún pretexto para hurgar en las bolsas de aquélla. Susana lo observaba tratando de no advertir ese odio fatigado que él despedía, un odio producido por tanta acumulación de obligaciones no cumplidas y remordimientos. Estaba despeinado, olía a cantina y a sudor, pero ella le tomó la mano porque sentía una repentina, vaga, tierna sexualidad.

—¿No te mojaste el delantal?—, dijo él al fin.

Había encontrado un pretexto para tocar las bolsas. Ella, en cambio, pensó que iba a palparle el cuerpo, y sonrió. Sonó el dinero: él lo atrapó rápidamente, unos centavos, casi nada, pero Susana se defendió:

—¡No Rubén! ¡Trae acá!

No era por el dinero que se sentía burlada y humillada.

—¡Borracho indecente, trae acá mi dinero!

Lucharon, y él se indignaba cada vez más. Se convencía a sí mismo de que había tomado las monedas por broma. "Y entonces, ésta me insulta. Ya verá, ahora sí se lo quito." Pero no, ganó ella, le arrebató los cobres y los tiró al gran depósito lleno de agua helada.

—Anda, ya que tanto los quieres. Ahí están.

Él la golpeó en la cara y se alejó gritando algo confuso, hiriente y sin sentido, pero Susana se rio ficticiamente a carcajadas, y se sintió triunfante. Fue entonces que él se enredó en la sábana. No pensó ni un instante para el primer gesto: por la esquina de encajes, con ambas manos, y jaló hacia los lados, al trapo desgraciado que parecía animarse contra él. La tela respondió con una erre larga como una cuchillada; así, largo también, fue el grito de la mujer. Él entendió entonces: la segunda, la tercera, la cuarta, fueron de intento, rrrrrh, rrrrrh, rrrrrh, una por una, las seis sábanas. Después se fue, muy erguido. Al dar vuelta a la esquina, empezó a llorar, y odió a Susana más que nunca, porque lo había orillado a hacer aquello.

—¡Madrecita, mamá, qué voy a hacer, qué voy a hacer ahora!

Y la mujer gemía, y arrastraba las telas para ver el daño a la luz, y caminaba de un lado a otro, gritando como loca, con su cauda de trapos, ella también un trapo viejo, rasgado, sacudido por un viento furioso en el centro de la plaza.

LOS PRODIGIOS

Aquel ruido llegaba desprendido, afinado, puro, como si fuera aún parte grata del sueño: desde lejos (clop, clop) y después acercándose, y él pensó, al emerger, en la campana de barro negro que una vez le había traído papá y pensó en otra cosa agradable, en un animal (clop clop, clop clop) y abrió los ojos: sobresalto, ¿qué lugar era éste? (clop clop, clop clop, se alejaba, se perdía). Claro, era la casa de los tíos y era el caballo del lechero, o algún otro caballo que pasaba frente a la casa y seguía, sin detenerse. Ahora un gran silencio, pero él no tenía sueño ya, y permaneció con la delgada cobija sobre los labios, viendo el remoto cielo raso, la lámpara de vidrio azul y de poleas doradas, los muñecos de porcelana que nunca le permitían tocar.

Sintió de pronto una sensación de vigilia y vitalidad agudas, que trató de exhalar cantando muy quedo esa canción que tía Bibi le enseñaba: *"lindo pescadito, ¿no quieres venir?"* Unos rayos muy pálidos de sol reproducían en la pared el dibujo de los visillos, y allá afuera sonó intempestivamente el ruido de una cubeta, puesta de golpe sobre los mosaicos. La piecera dorada de la cama brillaba tenuemente, y luego cantó un pájaro y se oyó también el chorro de la manguera. No resistió más: algo muy especial, algo excitante rondaba en el corredor, en la quietud que iluminaban apenas esos trinos, o en ese chorro de agua, o en el ruido de platos limpios que llegaba desde tan lejos; y un sonido tras otro parecían suspendidos en un vacío vasto y asoleado.

De un salto quedó sentado en el borde de la cama, con los dos pies colgando muy arriba. Luego, descendió al suelo con cuidado y empezó la difícil tarea de vestirse, porque ya sabía hacerlo solo. Se abotonó tres veces la camisa, hasta lograr que cada ojal tuviera el botón debido, y al pensar en salir al patio le latió el corazón emocionadamente, porque nunca se había levantado él solo en esta casa, sino que era mamá la que venía a llamarlo ("Quique, despierta, Quique"), antes mamá, ahora tía Bibi, para luego vestirlo y llevarlo hasta este baño siempre sorprendente, donde admiraba la enorme tina con patas de dragón, que descansaban sobre un dibujo desvaído y simétrico de flores y ramazones policromadas.

Abrió la puerta con trabajos. Había una aldaba muy alta pero se subió a una silla.

Se sentía cauteloso y aventurero, algo lo esperaba allá afuera, y lo intuía, pero no sabía qué, bien a bien. Algo esperaba hallar cuando entreabrió la puerta y salió de puntitas: ¡ahí estaba!: una ráfaga intensa de aire fresco, de sol todavía frío, todavía puro, inmaculado, que lo bañó de golpe y lo obligó a respirar hondamente y a sentir todo el intenso olor de los naranjos y las gardenias y la tierra encharcada.

Allá en su jaula recién descubierta, muy arriba, junto a la gruesa columna, volvía a cantar el cenzontle. Quique vio que muy lejos, en el fondo del patio, una figura negra sostenía la manguera, y hacia allá corrió, gritando a todo pulmón:

—¡Tía Bibi, tía Bibi, yo me levanté solo! ¡Buenos días, tía Bibi!

—¡Cállate ya, muchacho! Vas a despertar a todo mundo.

Frenó: era tía Coco, no tía Bibi.

—Buenos días, tía Coco. Yo me levanté solo.

—Ya veo. Hazte a un lado, no te vaya a mojar.

—¡Tía, tía, mira!

Lo gritó sin querer, por aquello que de repente se desplegaba ante sus ojos: un arco enorme, transparente, una franja de vivos colores, más alta que la tía, flotaba en el aire, suspendida entre la llovizna de la manguera.

—Que no grites, niño.

—Pero es que... ¡mira!— Ya no gritó, sólo mostró el prodigio que la tía parecía no advertir. Aunque ella le explicó algo del sol y del agua no hizo ya el menor caso, por admirar aquella banda traslúcida, fantástica, intocable, a través de la cual seguía viendo cintilar el muro de enredaderas floridas.

Pero tía Coco desvió el chorro, y aquello se acabó.

—¡Ya no está!

La admiración fue triste, ahora, por lo fugaz de aquello.

—Juega sin gritar, todos están dormidos.

—¿Y tú?

—¿No me estás viendo aquí?

—¿Y tía Bibi?

—En la cocina.

Esta tía no era muy buena. Decididamente, no la quería como a tía Bibi. Mucho menos. Muy poco la quería. Se sentía vagamente perdido en este mundo de mayores, tan recién descubierto. Hasta los primos eran grandes, y tantos que no resultaba fácil distinguirlos. También la casa era grande, inmensa, y él no acababa de orientarse de un cuarto a otro, y tenía miedo al empezar a dormirse en esa pieza extraña, donde hacía ya dos noches que no dormía su mamá.

Dejó que la tía Coco se alejara, regando a lo largo de aquel gran muro verde y vivo; prefirió quedarse allí, viendo con extrañeza cuán opacas eran las hojas que el agua no había tocado. Humedeció algunas con saliva y pensó después en ir a la cocina, para ver a tía Bibi, pero una mariposa lo distrajo y caminó sigiloso, siguiéndola sin pensar atraparla; sólo trató de tocarla suavemente, de acariciar esa tersura divagante para sentir azul y rojo con la yema de los dedos, pero ella huía, y coqueteaba, y huía, y de pronto alzó el vuelo y el sol lo deslumbró y lo dejó viendo manchas oscuras sobre todas las cosas.

Allá en su casa todo era muy distinto. Había sólo dos piezas: en una dormían su hermano grande, su hermana que ya casi era grande, la mamá, el papá, la abuelita y él. En la otra, cocinaban y comían; había también un baño muy chico y oscuro, sin tina, con una regadera en la que daba mucho frío bañarse. Como no había ventanas, conocía la calle muy poco, y nunca lo dejaban salir con los vecinitos ni él se habría atrevido a ir furtivamente, porque en la calle hay coches que siempre machucan, también hay robachicos y no es raro encontrarse al viejo del costal. Papá se fue de viaje un día; Quique no sabía muy bien lo que era un viaje, pero mamá se metió con él en un camión, y duraron adentro mucho tiempo: eso era un viaje. Uno subía en un lugar y bajaba en otro que se llamaba de otro modo. Aquí se llamaba Córdoba.

Ahora ya veía bien, y tenía ante sí una gran extensión de hojas redondas, impermeables; las flores eran rojas o amarillas, intensas o desvaídas, y tenían un piquito que ponía levemente nervioso a Quique por recordarle el suyo, el tití con que orinaba. El primo Tacho (¿o había sido Lencho?) le había enseñado que se llamaban menostuerzos, porque si él los llamaba como tía Bibi, mastuerzo, Tacho le torcería la mano más y más y lo habría hecho llorar si él no hubiera dicho varias veces el nombre nuevo, menostuerzo, que por cierto sonaba mucho mejor. Durante un rato infinito hizo rodar las gotas, de una hoja a otra, o hasta el suelo, donde la tierra las sorbía. Luego vio dos gusanos como dos joyas y se alejó rápidamente, porque ya había aprendido que ésos picaban.

Seguía brillando el sol y calentaba ya, lo cual era más grato. Quiso lanzar aullidos como los pieles rojas, pero se contentó con galopar en torno a la palmera. Corrió después a los geranios. Fue allí que vino a descubrir algo mejor que mariposas, mejor aún que el aire con rayas de colores. Se quedó sin tener ganas siquiera de gritar, sin respirar apenas, pero con un violento deseo de hacer algo, decir, tocar, algo, porque aquello era mágico, con verdadera magia que hacía pensar en hadas y duendes y cuentos de abuelita: aquello era una telaraña. Pero una telaraña resplandeciente, de una perfecta simetría, tendida en la arbitraria, felpuda arquitectura del gran geranio; cada hilo parecía responder a un propósito, cada hilo hacía un juego geométrico asombroso con los demás; era una red de pescador encantado, era una hamaca de vidrio y en cada hilo brillaban muchas cuentas, como en las varillas del ábaco con el que no podía aprender a contar; pero eran cuentas de vidrio, de agua, y cada una escondía fuegos propios, chisporroteaba, era un astro minúsculo, una joya fugaz que suavemente podía jugar a desplazarse o a caer, porque el conjunto entero vibraba y resonaba visualmente al pasar algún soplo levísimo del aire.

Fue evidente en seguida que aquel prodigio era tan intangible como el arco iris, y sin embargo, él sentía la necesidad imperiosa de verlo más, más de lo que lo veía con los ojos, quería besarlo, acariciarlo, arrojarse sobre él; hasta llorar sería lógico ante aquello, pero era mejor respirar lo menos posible, y apretar las dos manos contra el pecho y abrir bien, bien los ojos. Pero aquello exigía, demandaba una acción grande, que perpetuara, que correspondiera, algo, no sabía qué, porque no bastaba contemplar. Corrió de pronto, como loco, sin atreverse a gritar "tía Bibi, tía Bibi" porque todos dormían, pero corrió hacia ella, para hacerla ver el prodigio. Si mamá estuviera aquí, si abuelita estuviera aquí, pero tía Bibi, que ella lo vea, que lo vea ya.

Se fatigó al correr, se había perdido, ¿dónde está la cocina? La buscó más despacio, entre aquellos senderos rodeados de macetas y altas plantas. Desde antes de llegar, olió el café recién hecho y oyó las voces.

—¿Y cuánto tiempo entonces van a dejárnoslo?

—Pues no sé, mujer, indefinidamente, hasta que esa infeliz consiga trabajo, o hasta que gane bien.

—¿Y tú crees que consiga trabajo?

—No, claro. Yo le he dicho que saque al otro de la escuela, ya está grande para ayudar, pero ella no quiere.

—Se van a morir de hambre. (Esto lo decía tía Coco.)

—Se están muriendo. ¿No ves como está de flaquito este inocente?

—¡Cómo pudo ese hombre abandonarlos así!

—Ya ves.

—Y yo que ya no tengo humor para niños.

—Tía Bibi.

Pero algo había ocurrido que él se negaba a entender. Luchó un momento más, defendió su ignorancia, logró olvidar a medias el sentimiento de que ese diálogo y ese silencio repentino lo aludían ferozmente. Con un esfuerzo muy pequeño, con una o dos preguntas quizá, podría entenderlo todo, pero hizo lo contrario: se replegó hacia una cueva oscura de inocencia, y oculto allí, invulnerable por un tiempo muy corto, pudo decir sin pausa alguna:

—Tía Bibi, ven a ver.

—¿Qué cosa, hijo?—, sobresaltada aún.

—Una... una telaraña.

—Ay, hijito, vete a verla tú. Estoy haciendo el desayuno, anda.

Se fue sin rogar, sin explicar siquiera que aquello era más magia que telaraña. Corrió sin convicción hacia el milagro, pero no lo encontró. En cierta forma, ya no esperaba verlo, tal vez por eso la decepción no fue muy grande. Sintió más bien algo como una lástima, como una gran... Hizo trampa otra vez, se replegó a la cueva y pensó simplemente que la telaraña se había roto; ni siquiera podía saberse ya en cuál de aquellas matas había estado.

Se alejó muy despacio, deteniéndose a veces para rascar el suelo con el pie; rompió una rama florida, deliberadamente; avanzó otro poco, sin rumbo; volvió a pararse; volvió a seguir. No sabía adónde ir, ni a qué jugar; y ya no había prodigios, quedaba nada más un niño solo en un jardín ajeno y enorme.

LA PAZ DESPUÉS DEL COMBATE

A Luisa Josefina Hernández

La casa amaneció circundada por el murmullo indescifrable que siempre hacía ese viento, salado y arenoso. "Hay alguna ventana mal cerrada", pensó Adela, porque las cuatro flamas se retrajeron en un gesto instintivo de defensa; luego, se incorporaron lentamente, como cansadas de arder toda la noche, llenas de humo, palidecidas ante la luz plomiza que empezaba a escurrir el día.

"Ese viento", que siempre parecía a punto de decir algo: vocales sueltas, largas, algunas consonantes (fricativas y explosivas, diría el doctor), casi palabras. "Ese viento."

Ana se incorporó sobresaltada, con los ojos metidos aún en el mundo sin lógica de su pesadilla personal. Vio en derredor, vio a su hermana, vio el ataúd; entendió: ésta era la realidad, y no la otra.

—Tengo frío. ¿Me dormí mucho rato?

—Casi nada. Es que está amaneciendo.

—¿Y Marión?

—Elena la llevó a dormir. Le dio una pastilla.

Sólo ellas dos quedaban ahí, con su terca y fatigada compañía, deseando vagamente que el hermano la pudiera apreciar aún.

Llegó ruido de la cocina, incongruente, irremediablemente simbólico. Luego, entró la criada con dos tazas de café con leche, lloriqueando por compromiso, por el recuerdo de sus propios muertos y también por éste, que había sido siempre tan bueno. Las dos hermanas sorbieron en silencio, pero a los dos tragos, Ana dejó su taza en el suelo y volvió a llorar.

Así empezó el día en la casa que fue del doctor Aldama.

A las ocho, Elena recibió dos nuevas coronas. Una, enviada por los Rotarios. Otra, pequeña, traída personalmente por una mujer humilde, cuyo nombre no entendió la muchacha. Se dejó abrazar, sin embargo, y oyó las agradecidas alabanzas que la otra dedicaba al doctor. "Pobre, está tratando de llorar", pensó. La mujer lloró, en efecto, y Elena se dejó abrazar otra vez. Pero al oírse llamar "huerfanita" reaccionó casi con violencia; agradeció todo en forma terminante y, con los ojos más secos que nunca, la vio descender al jardín.

Al dejar la corona, descubrió a las dos viejas, demacradas, con caras de estúpidas.

—Ya váyanse a dormir, tías. —Autoritaria, eficaz.

—Ay, hija, ¿tú crees que vamos a poder dormir?

—Naturalmente que sí.

Levantó a Adela, levantó a Ana, las encaminó a sus habitaciones. Entonces sonó el teléfono. Adela lo tomó, porque estaba ahí a la mano. La joven tuvo un gesto de impaciencia: "Está como sonámbula, no va a poder contestar."

—Bueno. Casa del doctor Aldama.

Lo dijo automáticamente, y al oírse tuvo un quiebre en la voz y empezaron a gotearle los ojos. Luego, sorpresa. Vio a Ana. Vio a Elena.

—Sí. Habla Adela. —Una pausa. —¿Con ella? Está dormida. ¿Quieres hablar con Elena? La hija de Adalberto. Espérame.

Con un gesto azaroso dio la bocina a Elena. Se acercó a Ana.

—Es Clementina. Creo que quiere venir.

—¡Clementina!

Y, azoradas, oyeron hablar a Elena, seca y cortés:

—Sí, naturalmente. —Ah. —Sí, claro que puede venir. —Está bien, cuando gusten, sí señora. —¿Tía? Sí, claro, sí. Muchas gracias, tía. Adiós.

Colgó.

—¿Va a venir Clementina?

—Sí. Va a traer a... la primera esposa de papá.

Y salió rápidamente a la cocina, para hacer algo allá, cualquier cosa, y dejar el conflicto y la turbación ahí, con las dos viejas que se apretaban las manos y lanzaban confusas exclamaciones de desconcierto.

A las diez sonó el timbre. Ana vio hacia la calle, desde los grandes vidrios:

—Es un señor.

Luego dejó ir los ojos más allá, a la mínima franja de mar que se asomaba entre los muros vecinos. Qué triste día. Pero mejor así, para un entierro. Vio a la criada, que abrió la reja, y al señor que avanzaba y subía. Se distrajo. Oyó el murmullo respetuoso de los amigos, que habían ido llegando desde hacía rato. Luego, vio entrar al hombre, y él la vio a ella y fue directamente a saludarla.

—¿Usted es tía Adelita? Soy Adalberto.

—Dios mío, pero eres tú. Soy Ana.

Se abrazaron. El hijo mayor, el heredero del nombre. Y ella repetía: "Dios mío, Dios mío", sin atinar a decir otra cosa.

—Mi mujer y mis hijos van a venir después.

¡Conque también ellos vendrían! Vio a Adalberto

saludar a Elena familiarmente. "Claro, como trabajan juntos."

Elena decía a Adalberto:

—Va a venir tu mamá.

—¿Aquí? ¿Para qué?

—Pues... es natural, ¿no?

Y bajaron la voz, porque estaba una anciana cerca, con el rostro asombrado, recordando sin duda "toda la historia", y los había oído.

Así corrió la voz, de murmullo en murmullo: "Va a venir Paloma", o "va a venir la primera", o bien "va a venir la otra", según el carácter o el grado de intimidad de los que hablaban. Y Elena llevó al hermano frente al féretro del padre, y al fin se permitió llorar un poco.

En la recámara, principió a despertar Marión. "Marión" para su padre, a causa de alguna película tal vez, o de alguna novela. María en realidad, pero odiaba este nombre, y amaba, en cambio, el otro. En la escuela era María, con los parientes antipáticos también. Para sus padres, para los que la amaban: Marión. Así empezó a firmar y a presentarse, con la vaga esperanza de ser mimada, de ser querida: no lo fue nunca. (Nunca, hasta que conoció a Adalberto.) Quedó huérfana pronto, también pobre y acostumbrada a vivir bien. El marido fue tosco y arbitrario; era un muchacho débil y soberbio; tenía un ansia tan grande de ser "alguien", como confusa y vaga la noción de lo que "ser alguien" podría significar. Se casó con Marión porque sus padres ya lo urgían al matrimonio; también porque ella era muy bonita, y en la pequeña clase alta del puerto tenía cierto nostálgico prestigio. Ella se sostenía vendiendo las muy modestas alhajas y los muebles que le habían dejado sus padres. Con el noviazgo, vio que el cielo se abría. En consideración a ella, los parientes de ambos precipitaron la boda. "Ahora sí, ya Julio va a sentar cabeza."

"La boda": una vaga sucesión de abrazos y besos, de emociones confusas y superficiales. Sus recuerdos más vívidos de Julio eran otros: una entrada borracho, rompiendo cosas. "Julio, por Dios, qué tienes", y no entendía, porque nunca había visto un hombre borracho. Los cobradores. Los suegros se negaron a dar ninguna ayuda y se fueron de viaje; y ella y Julio solos, inútiles, odiándose. ¿Odiándose? Más bien viviendo juntos sin quererse. "¿Éste es el matrimonio?" Deudas, vergüenza. "¿Éste es el matrimonio?" Un acto monótono y rutinario durante el cual prefería pensar en otra cosa. Ni el pastel, ni los músicos, ni la iglesia: estas otras imágenes eran las que venían con la palabra "boda".

Entreabrió la puerta y vio pasar a las viejas: "las pobres de Ana y Adela". Oía a la gente. Llegó una bocanada intensa de cera y flores, caliente como el bostezo de un enfermo. Tendría que salir. Elena le había dado una pastilla y aún sentía pesada la cabeza. "Adalberto." "Aldama." "Adalberto Aldama." "El doctor." "Ruega por él, ruega por él." "¿Ruega por él?" Era un vacío en la cabeza que ayudaba a pensar trivialidades, que dejaba entrar frases ajenas, nombres, palabras sin sentido, mientras algo dolía en el pecho, agudamente. "No tengo mal el corazón; él dice (decía) que estoy bien. Pero tal vez me enferme." Con esperanza: "¡Pero tal vez me enferme!" Y fue grato pensar que se acabara todo; mejor aniquilarse que ese vacío trivial y horrorosamente doliente. Media cama vacía, un ropero de trajes vacíos, un consultorio vacío, un par de zapatos vacíos allí, junto a la cama, y una vida muy larga por delante. "Tal vez me enferme", pensó otra vez, y se apretó con fuerza el pecho, como queriendo contaminarse el corazón.

Cuando empezó a coser ajeno, la pobre de Marión fue a descubrir que era elegante por naturaleza. Eso le dijeron, y las muchachas Aldama le encargaron vestidos, que vendían en su tiendita de Independencia.

No le gustaba ser compadecida, decía, pero en el fondo le gustaba un poco, porque la compasión ponía algo tierno, una delicadeza y un interés en los demás.

"El pobre Julio es un caso", decían, a espaldas de ella, y los padres de Julio pensaban que ella era tonta y descuidada, y le echaban la culpa de todo, públicamente: "No ha sabido hacerlo feliz."

Cuando entregaba sus vestidos, las Aldamas eran buenas con ella: la invitaban a tomar café, o una copita de Cinzano. La querían. Afuera, tras los vidrios, el calor de la media tarde, antes de las primeras brisas. Los tranvías pasaban tras la silueta anticuada de los maniquíes. Allí adentro, el runrún del ventilador haciendo gesticular acuosamente al colgadijo simétrico de vestidos. Así estaba la tarde cuando el doctor llegó a ver a sus hermanas.

—¡Viene de Europa! —Lo besaban, lo abrazaban, el consentido, el guapo.

"Qué alto es", pensó Marión, y se dieron la mano. Se sentó junto a ella, lo vio cruzar sus larguísimas piernas y encender un cigarro extranjero, que olía sabroso. Luego, él empezó a hablar, a describir lugares, funciones de ópera, monumentos.

—¿Visitaste el calabozo de María Antonieta?

—Ay, sí, esa pobre mujer. ¿Lo visitaste?

—La guillotina no ha de existir ya, ¿verdad?

Y él vio de pronto un par de ojos, tan excesivamente atentos que casi perdió la hebra de lo que hablaba. Hizo una pausa después, la vio a la cara, sonrió con ella. "Es bonita", pensó.

Entonces llegó la esposa a recogerlo, con los tres niños: Adalberto, Carola y Antonio. Hicieron mucho ruido. Adalberto el chico exigió una taza de café, "porque él era ya grande". Paloma traía un sombrero de gasa de color de rosa, con las alas enormes, que le encendía la cara en un rubor continuo; vestía toda de gasa, con grandes flores estampadas que le revoloteaban en torno. Marión sintió un profundo desconsuelo, sin saber exactamente por qué.

Vagamente pensó que envidiaba el sombrero de aquélla, mientras la veía colgarse del brazo de Adalberto. Se despidió y se fue.

Volvieron a encontrarse, casi un mes después. Adalberto la vio a los ojos mientras se daban la mano. Parecía contento, Adela había salido; así fue que Ana aprovechó la llegada de Marión para dejar la tienda:

—Vuelvo en seguida.

Quedaron solos, entre las telas que ondulaban y flotaban, y el ruido momentáneo de un tranvía. Luego, un silencio, que subrayaban el frufrú de los trajes y el ronroneo del ventilador.

—Cuénteme de su viaje —pidió ella.

Con lo cual él fue incapaz ya de contar nada. De repente, sin motivo, cada uno empezó a sentir agudamente la presencia cercana del otro, y la modesta complicidad de aquellas cuatro paredes (una de vidrio), en las cuales estaban como en una pecera, pero solos. Él se hizo a un lado, para dejarla tomar asiento, y al evitar rozarse tuvieron tan aguda conciencia de cercanía, que ella sintió saltársele el corazón.

Ella se fue antes que él, y mencionó, al azar, el día que volvería. Así se vieron varias veces.

Y una noche, Marión empezó a llorar a solas, y a decir: "Adalberto, Adalberto", y después: "¿pero qué me sucede?, ¿por qué me pongo así, así, así?", y golpeó las almohadas y chilló. Cuando Julio llegó en la madrugada, ella estaba despierta, con el pelo hecho un plumero y la mirada extraviada.

Con Adalberto fue otra cosa: empezó a equivocarse por la calle: saludaba desconocidas, creyendo que eran ella. Y después, en la mesa, el sabor de la sopa, o el ruido de una taza, cualquier tono de voz, le provocaban una imagen que nada tenía que ver: como vendría flotando un globo luminoso del fondo de un agua oscura, venía el rostro de ella. Y él se extrañaba: "¿por qué la recordé?" Asociación con algo, sí, ¿pero con qué? Y poco a poco, pareció Marión estar asociándose a más y más cosas.

Se besaron sin premeditación, y ella en seguida empezó a sollozar en seco, acariciándole la cara, los cabellos, apretándole las manos. Volvieron a besarse, como hambrientos, aturdidos, desconcertados, aceptándose a ciegas. (Ella había ido a ver si hervía el café en la trastienda, y él la siguió.)

Se encontraron de nuevo al otro día. Ana y Adela notaron algo, pero no se atrevieron a pensar mal. Adalberto insinuó:

—¿No se va usted? La encamino.

Y ella, aterrada:

—No, no. Me quedo. Gracias.

Pero cuando él se fue, salió corriendo casi, dando disculpas torpes, dejando a las hermanas anegarse en sospechas. Y la esperaba ahí, sin moverse, sabiendo que vendría.

Se fueron caminando por calles extraviadas, hasta llegar al mar. Siguieron, por la orilla, y empezaba a declinar la tarde. El sol caía tras la ciudad, y de repente, vieron arder el cielo entero. Se besaron, y siguieron besándose y tocándose, como dos jovencillos, torpes y vergonzosos; rodaron por el suelo, apretándose mutuamente, acariciándose sin atreverse a más.

Un perro ladró cerca y los hizo saltar, con pánico.

—Vámonos ya —pidió Marión.

—Vámonos —aceptó él.

Insatisfechos, excitados, frenéticos, vieron fosforecer la oscuridad en derredor. Se fueron abrazados, sin ver donde pisaban, se mojaron los pies, y en las primeras luces fue una mezcla de alarma con mucha risa histérica y dolorosa: porque estaban absurdos, con las ropas torcidas y manchadas, el pelo enarenado, los zapatos chorreantes. De repente, tuvieron conciencia de su edad y de su estado.

Encontraron un coche; ahí, en la oscuridad del asiento, acurrucada contra él, preguntó ella:

—¿Qué vamos a hacer?

—No sé.

Pero a los cuatro días ya tenía lista una casa pequeña, retirada, donde nadie podría nunca darse cuenta. Un mes después, sabía la historia el puerto entero.

Paloma sollozó incansablemente, y acusó de alcahuetas a las hermanas de la tienda. Clementina, la hermana casada, la apoyó. Ellas juraron su inocencia, pero no las creyó nadie. Los otros dos hermanos llegaron desde México; el mayor, para dar consejos a Adalberto, y el menor para tomar partido por él: "Paloma siempre ha sido insoportable."

Fue cuando Paloma se cortó las venas con una hoja de rasurar, y salió dando gritos a la calle, pidiendo auxilio a los que pasaban, chorreando sangre por los codos. Apareció en primera plana del periódico, con todos los cargos de adulterio que hizo públicamente a Marión.

Julio, públicamente, juró que mataría a Adalberto, y empezó a pedir prestado para sacar del empeño la pistola. Esto también se supo y se comentó ampliamente.

Faltaban quince días para el congreso de cardiólogos, en Viena; la ciudad se quedó atónita cuando vio a los adúlteros salir volando juntos: a México primero, después a Nueva York, después a Europa. "La lleva en lugar mío", gemía Paloma, y gritaba a los hijos: "¡su padre nos ha abandonado!"

El hermano mayor y Clementina, no volvieron a hablar con Adela y con Ana. El menor, hizo bando con ellas y las cubrió de cariño. Pronosticó el periódico que Marión y Adalberto serían encarcelados cuando volvieran al país, y el hermano menor le rompió la cara al jefe de redacción. Tuvo que huir en seguida a México.

Y ellos, en el congreso: Marión vagaba por los puentes del Danubio, asustada de su propia felicidad y de la escasa vergüenza que sentía frente a los otros médicos. Los primeros días, nadie en el grupo de compatriotas se atrevió a reaccionar, por la sorpresa; después, hubo algunas señoras que protestaron, y la incomodidad se extendió. "Por el bien de Adalberto", les rogaron que se fueran a otra parte. Lo hicieron con mucho gusto. Viajaron por toda Italia, pasaron dos semanas en Venecia, una en Capri; fueron a Niza y a París. Ridículamente, fue ahí donde se dieron cuenta del embarazo de Marión.

Regresaron a México. Los esperaban dos feroces extorsiones: la de Paloma y la de Julio. Paloma se quedó con la casa y el coche, también exigió pensión. No lo hacía por codicia: los bienes eran, en cierto modo, el símbolo del hombre: quitar, quitar cosas, hasta la ropa y la piel, si se pudiera. Que la otra no se llevara nada. Nunca les concedió el divorcio: "yo soy la esposa, ella será siempre la querida".

Julio humillado, degradado, decidió que bajar era más fácil que subir. Pidió dinero también, para no encarcelar a Marión, por adulterio y abandono de hogar. Adalberto vendió la casita de México. Esto no le bastó a Julio. Hablaron algo entonces, Marión no supo qué, y Julio desapareció por algún tiempo. Cuando volvió a vérsele, ya tenía justificado para siempre el fracaso de su vida.

Nació Elenita, y el doctor estaba prácticamente en la miseria. "Se ha arruinado por mí, yo lo arruiné", reflexionaba Marión con orgullo. Sólo quedaban dos recursos: jamás habían pensado regresar a Veracruz, pero allá estaba el consultorio; también podrían pedir ayuda a esos amigos que los habían expulsado en Viena. Marión escogió el puerto. Así fue que volvieron al campo de batalla.

Marión se recogió el pelo en un chongo. "Parezco yo la muerta", pensó vagamente, y se pintó los labios agrietados. Cuando salió, ya estaba ahí el Subsecretario de Gobierno, para darle el pésame a nombre del

Gobernador. Ella no entendía nada; agradeció, pero unas cuantas imágenes sueltas iban y venían, por sí mismas, en su cabeza. Cuando Elena la obligó a comer algo, estuvo a punto de preguntar: "¿Ya se levantó tu padre?" Una extrañeza total transformaba cada objeto en algo desconocido e incorpóreo. Rompió un vaso y se quedó viendo los vidrios, y el agua que se extendía por los mosaicos.

Llegó a la sala: gente desconocida la abrazó, y gente que no podía reconocer. Adalberto le dio la mano. "Adalberto. Es la primera vez que viene aquí." Lo quería bien, porque con ella era correcto, y bueno con Elena.

Adela le murmuró al oído:

—Marión: va a venir la otra.

—¿La otra?

Y tardó en darse cuenta de que, a estas alturas, Paloma era "la otra".

Una mujer enorme, de pelo cano, vino a abrazarla.

—Marión querida.

¿Quién era? Es verdad, era...

—Ésta es mi hija, Esther, ¿te acuerdas de ella?

...Era Delfina, su prima hermana. Y esa muchacha seria, de gris, "es la que escribe cuentos".

—Tú hiciste una película, ¿verdad? Y te dieron un premio por algo... Siéntate, por favor. Yo leí un cuento tuyo—... Se quedó divagando, como si fuera a agregar algo. Repitió, ausente—: un cuento tuyo muy bonito.

Un grupo estaba ahora ante la reja: tres mujeres de negro, con dos hombres. Los vio por la ventana: "Clementina, y" (no enunció el nombre de la otra, pero supo en seguida que era ella). ¿Y los demás?

Dudaban en tocar. Sintió de pronto una gran furia; recordó los periódicos, recordó aquella escena en los portales, ese encuentro casual con Paloma, que decía cosas en voz alta mientras ella escapaba humildemente.

—Elena, ¡que no entren!

—Mamá, ¿qué caso tiene ya? ¿Vas a dar un escándalo? ¿Para qué?

—¿Para qué? Para —... No supo para qué. Su misma hija fue la que abrió la entrada. Con mayor o menor disimulo, todos veían hacia allá. En el gesto de Elena hubo un esfuerzo leve, la reja rechinó, y el grupo de enlutados avanzó torpemente.

—Pasen allá, por favor.

Clementina musitó las gracias.

El cortejo enemigo subió por la escalera. Ya estaban en el segundo umbral. Elena entró primero, después ellos. Marión los vio a la cara: "sus otros hijos, el hermano". Y Clementina entonces la saludó, con una voz inaudible. El hermano se inclinó respetuosa, glacialmente.

—Llévalos, Elena. Allá —señaló.

Paloma no alzó la vista. De los ojos le escurrían grandes gotas. Y sin embargo, se vieron.

Así pasaron entre la gente, casi furtivos, los que habían perdido la batalla.

"Ya nada tenía caso, porque..." "¡Adalberto!" Esa tierra de nadie era ya él. Todo se había acabado, de repente: la razón de la lucha, el amor. Y repitió entre dientes: "amor, amor, amor, amor...", muchas veces. "¿Qué diría él?" Ya nada, no podía decir nada. Y la casa fue como un sitio ajeno, porque la hija... Un hijo es un ser vivo, y aparte, que se aleja cada vez más.

“¡Y entonces...!” Casi gritó. Oyó el silencio en que zumbaban los murmullos de las visitas, y oyó el viento. “Ya no hay motivo para escándalo.” “Ya no hay motivo para nada.”

—Siéntese, tía —murmuró Esther, tomándola del brazo.

La vio, mientras sentía una idea, un impulso más bien, brotando por sí mismo, con el sentido oculto aún.

—Esther. Tú escribes cosas, ¿verdad?

—Sí, tía.

—Esther, oye. Yo tengo que contarte. ¿Sabes? ¿No la has oído? La historia nuestra, la de Adalberto y yo. Es tan... podrías hacer una novela... tan bonita...

Algo en su frase la ayudó a que salieran las lágrimas fácilmente. Tomó una mano de la joven, la apretó con energía:

—Es una historia tan... te la puedo contar toda, cómo nos conocimos, cómo nos... Todo, todo. Pero vas a escribirla, ¿verdad? ¿Verdad que vas a escribirla?

DANZA ANTIGUA

Para Yolanda Guillaumin

HABÍA hecho el trayecto a pie, diciéndose que la tarde estaba fresca y la ciudad animada. Pero el aspecto de su calle, tan sabido, la detuvo un instante y le arrancó un suspiro de desconsuelo. "Van a tenerme quejas, y a pelearse, y a querer que les dé la razón. ¡Y no me importan nada sus tonterías, y estoy cansada, cansada!"

Estaba cansada Hilaria, y aunque fue grato regresar paso a paso, viendo disminuir la luz del día, pensaba ahora que el camión habría sido más cuerdo, porque de todos modos ella debía llegar a su casa. Avanzó, pues, cuesta arriba, deslizando su cuerpo entre el estruendo entrecruzado de los radios, que lanzaban estrépito y ritmos diferentes de una ventana a otra; había también el griterío de los niños: brincaban charcos, saltaban de piedra en piedra. Por ahí andarían las hijas.

Tal como había previsto, la recibió su madre, malhumorada, llorosa, sin siquiera pensar en preguntarle por la fábrica y el trabajo, sin consultar: "¿estás cansada, hijita?": quejas, lamentos.

—¿Qué fue ahora, mamá?

Palmira, como siempre. Palmira y sus retobos, sus groserías. La haragana Palmira.

—Yo no hice nada, mamá. Siempre dice que le hago y que le digo. Lo que pasa es que no me quiere.

—Eso, di que digo mentiras. Di que invento las cosas. ¡Te vi sacarme la lengua!

—¡Que no fue a usted, que fue a Chayito!

—Muchacha ordinaria, no te conoceré.

"Lo de todos los días. Ay, mamá. Ay, hija. Iguales las dos. A las dos las castigaría de buena gana."

Por compromiso, reprendió con severidad a Palmira, y la niña se fue a llorar a un rincón, resentida, profundamente lastimada porque creían a la abuela y a ella no. La anciana se alegró mucho y empezó a preparar halagos para Hilaria.

—A ver, hija, estás cansada, ¿verdad? Te voy a dar una tacita de café, y en un rato va a estar la cena. Siéntate.

Pero Hilaria estaba harta de ser juez. Algo en el gozo de la vieja parecía sugerir la injusticia consumada, y allá en el rincón seguía Palmira, sollozando exageradamente y viéndolas de reojo, con rencor. Y sin embargo, siempre es más fácil regañar a una hija que a una madre.

Hilaria salió mejor al patio. Era un patio de tierra, muy pequeño, aunque bastante mayor que cualquiera de las tres habitaciones. A esa hora (se iba poniendo el sol, se iba a soltar la lluvia) lo había invadido un resplandor grisáceo.

—Siéntate, hijita.

—Gracias, mamá.

Le había traído el equipal destartalado. La vio correr con pasitos de hormiga, volviendo a la cocina. "Qué vieja está, pobrecita, qué vieja." Regresaba de nuevo, con la tazona de café firmemente asida.

—Gracias, mamá. —Y le besó la mano, y sintió en la presión de los labios el latido de las enormes venas, saltadas a flor de piel.

La anciana cocinaba, cuidaba a las tres nietas, barría, limpiaba. Así podía Hilaria trabajar, y suplir económicamente al difunto, que había dejado sólo esta casa y una indemnización de quinientos pesos.

Cayeron algunas gotas. "¿Pero qué habrá pasado entre mamá y Palmira?" Porque antes, era esa la nieta más próxima al corazón de la anciana. "Qué difícil edad tienen las dos." Entró. Las menores seguían jugando en casa de alguna vecina. Se alegró, sintió grato el silencio. Se sentó en un sillón de curvas, meciéndose suavemente. Palmira vino despacio, con la boquita rencorosa y los ojos viendo al suelo. Se paró junto a ella.

—Mamá.

—Qué quieres—. Tenía que ser severa.

—No es cierto lo que dice mi abuelita.

—Así que tu abuela dice mentiras.

—Sí, mamá.

Un silencio. ¿Y qué iba a contestar? La comprendía, pobrecilla.

—Mamá. Mi abuela no me quiere.

—¿Y por qué no va a quererte?

—No sé.

Pero había algo en el tono...

—¿No sabes?

—No.

—Antes te quería mucho.

Y Palmira a ella. Esos regalos tontos que dan los niños eran para la anciana: medio dulce, un dibujo hecho en la escuela, un ramito de flores marchitas. Y la abuela tenía guardadas algunas de esas cosas en una caja especial.

—Tienes que ser muy consecuente con tu abuelita, ya está muy grande.

—¿Y por eso dice mentiras?

La abuela asomó la cabeza, de pronto.

—¿Qué te está diciendo ésa?

—Nada, mamá, nada.

Desapareció, pero las dos comprendieron que seguía espiando, con sus orejas transparentes muy aguzadas.

—¿Y tú por qué no fuiste a jugar con tus hermanas?

—Ellas están muy chicas, ya no me gusta a lo que juegan.

La cena se fue en oír a Rosario y a Lola contando las hazañas del Zorro Púrpura. Sus versiones eran contradictorias, pues veían la televisión arduamente, colgadas de una ventana, formando parte de un gran racimo de niños. Palmira quiso pan y ahí en el centro de la cesta lucía una sola pieza blanca de azúcar. Alargaba la mano ya, cuando la anciana dijo:

—Esa "camelia" es para mí.

Y la tomó rapazmente. Aunque eso había ocurrido muchas veces, Palmira ya no quiso pan, y pensó "ojalá se le atore", mientras la abuela mojaba la pieza en el café, muy complacida.

Al otro día cenó con ellas Efraín. La anciana aprovechó para suspirar humildemente y relatar de nuevo las groserías de Palmira. Efraín vio a la niña con odio:

—Pues ya sabes, mamá. Vente mejor a la casa, conmigo —ofreció sin convicción—, porque mis hijos sí van a respetarte.

"Ojalá que se largue", pensó Palmira, sin alzar los ojos del plato. Hilaria pensó: "¿y qué iba yo a hacer con las tres niñas? ¿Y con la casa? Pero no se va a ir".

Y Efraín pensó en esa boca más, y en que "con los años se le ha puesto a mamá un genio de los diablos". La madre contestó:

—No, hijo, gracias. Mi deber está aquí, con esta pobre.

"Sí, tu deber. Y que las dos conocemos a éste cuando se emborracha", pensó Hilaria.

—¿Todavía estás sin trabajo? —preguntó al azar, por desviar el tema.

Efraín lo tomó como un reproche, ya que nunca les daba dinero.

—¿Sin trabajo? Hace un mes que estoy con los cafetaleros—. Con tono firme, ofendido.

—Ah, sí, me habías dicho.

Y él empezó a explicar agriamente sus deudas y sus miserias.

Avanzada la noche, Hilaria despertó a medias y escuchó el llanto. En una sola pieza dormían todas. La abuela con Lolita, en una cama. En otra, más angosta, Chayo y Palmira. Hilaria dormía sola, por descansar mejor, pero extrañaba aún el cuerpo del marido. (¿Aún? ¿O cada vez más?)

—Mamá, ¿qué tienes?

—Nada.

—Mamá, ¿por qué lloras?

—Por nada, por nada. Duérmete.

Callaron un momento. Después la anciana preguntó, con voz tenue:

—¿Te acuerdas, hija, qué bonita era yo?

—Sí, mamá—. Extrañada, soñolienta.

—¿Te acuerdas de tus tías? Ninguna era tan... —Calló, volvió a llorar.

—Pero ¿qué es, mamá?

—Y voy a morirme, hijita, voy a morirme.

Ah, otra vez era eso. Claro, la edad, ¡pero a estas horas!

—Ya duérmete, mamá—. Propuso Hilaria, y se fingió dormida.

Los sábados por la noche, Hilaria iba al cine con una de las niñas. Regresaban muy lentamente, se detenían en el parque para ver los patos dormidos; compraban alguna fritanga de tantas que les salían al paso en los zaguanes; comentaban los mejores momentos de la película. Este sábado, le había tocado ir a Lola.

Cuando subían la cuesta, esquivando inconscientemente los sabidísimos hoyancos, las detuvieron los vecinos, sin saludar apenas por prevenir:

—No vaya usted a alarmarse. Yo pienso que su hijita está escondida con doña Coti.

—¿Escondida?

Y ahí venía ya la anciana, muy temblorosa, dispuesta a dar cuenta de todo.

—¿Qué sucedió, mamá?

También venía Efraín, ebrio evidentemente. También hablaban los vecinos, todos a la vez. Y poco a poco se fue poniendo en claro lo ocurrido.

Lo ocurrido era esto: que Efraín había ido, y mientras oía a su madre, dando quejas y quejas de Palmira, se había tomado las dos últimas cervezas.

—A ésa le ha hecho falta el rigor de un padre—, decidió él.

Por eso se había quitado el cinturón, y había ido a la cama donde se acurrucaban las niñas. Palmira apenas empezaba a dormirse; sintió, más que escuchó, la presencia del tío; abrió los ojos y vio la forma oscura, los movimientos torpes, determinados. Pudo encender la luz, de un solo salto, y ver los ojos inyectados y el grueso cinturón enrollado en la mano. Miró la mano alzarse:

—Muchacha desgraciada, yo te voy a enseñar...

Brincó, y oyó el zumbido del cuero y el aullido de Chayo, que despertó aterrada, gritando de dolor. La abuela veía todo desde una esquina, con una chispa rencorosa y aprobatoria en los ojos. Palmira entonces huyó a la calle, dando gritos, semidesnuda, descalza, y Efraín salió tras ella, gritando obscenidades, pero no pudo ver adónde se había metido. La abuela y él tocaron de puerta en puerta, las ventanas se llenaron de caras, pero no lograron encontrar a la niña.

Hilaria no hizo ningún comentario. Entró a la casa, rápidamente, y al momento de verla Rosario volvió a aullar y mostró la marca encendida del cinturonazo. A Efraín, ya casi sobrio, estaba ahogándolo ahora la preocupación. "Se va a venir a vivir conmigo", pensaba, y para evitar esto había tratado de castigar a la muchacha, razonando que si la corregía la vieja estaría contenta de seguir viviendo allí.

Pero la vieja no quería irse, y se esforzaba ahora por no soltarse llorando, aterrada hasta el último límite porque Palmira no aparecía, y Rosario seguía sollozando, y la hija no hacía ningún comentario ni alzaba los ojos hacia ella, que musitaba explicaciones mientras Efraín seguía dando su versión, cada vez más borrosa y débil, de los hechos.

—Ya no llores, hijita—, y besaba a la niña con furor. Ya no llores—, sin mirar a la madre ni al hermano.

Después salió a la calle, a tocar en la casa de doña Coti, y ahí encontró a Palmira, envuelta en un cobertor y comiendo azúcar.

—No dijimos que estaba aquí, porque quién sabe qué le quería hacer ese borracho; usted ha de dispensar, pero su hermano estaba muy borracho.

La llevó cargada, para que no pisara el suelo frío. La acostó y la arropó junto a Chayo. La mamá y Efraín callaban ahora. Él repitió, por no dejar, con la voz insegura:

—Lo que ésta necesita es el rigor de un padre.

Hilaria fue al ropero, sin decir nada aún, y empezó a sacar las cosas de la madre, poniéndolas con cuidado sobre la cama. No quería hablar; empezó por fin:

—Me vas a perdonar, mamá, pero a mis hijas no las va a tocar nadie. Y esto no va a volver a suceder.

Le tembló la voz, porque la anciana había entendido y estaba llorando ya, desconsoladamente, dando grititos leves de vez en cuando: la echaban de la casa, la mandaban a vivir con aquel borracho y con su odiosa mujer, la echaba de la casa su propia hija. Efraín suspiró y se talló la frente: pensaba en la cara que iba a poner su esposa, y en esa boca más que alimentar. "¿Y dónde demonios irá a dormir? Sólo que con los más chicos."

Palmira no quiso abrir los ojos. Sabía que al día siguiente cocinaría y limpiaría, que tendría que atender y cuidar a las menores, que se iba a acabar su infancia, pero no le importaba. "Que se vaya, me alegro", repetía. Aunque sentía un dolorcillo nostálgico, y recordaba otros días, podían más el rencor y la incomprensión.

"Debería yo contarlo", pensaba, pero no lo contó nunca, por un resto tal vez de amor y fidelidad. O porque no entendió del todo, simplemente, lo que había visto.

Eran los días en que la abuela y ella se querían mucho todavía. En las tardes, cuando habían terminado sus tareas, las hermanas salían a retozar con los demás niños de la calle. La abuela quedaba sola, y se iba entonces al fogón. Terminado el trabajo del día, sola y callada en la casita, podía servirse un café, y ahí, de pie, sorbiendo lentamente, ponerse a recordar cosas. Todo empezaba a oscurecer y a borronearse, y llegaban a veces las risas de los vecinos, como emitidas en otro mundo. Y la anciana pensaba cosas sueltas, pequeñas, a menudo inconexas. Pensaba, por ejemplo, en la broma común que se decían al empezar el siglo: "me dijo una adivina que te vas a morir este siglo", o "tengo el presentimiento de que no vas a vivir otro siglo". ¡Y había tontos que se enojaban (reía quedito al recordarlos) y aseguraban que estaban sanos y que verían muchos siglos más! Daba otro sorbo a su café, veía que en las paredes se borraban cazuelas y retratos. Se decidía a comer un pan: esa "camelia" no, la guardaría escondida, para Palmira. Y aquella fiesta del casino... Ya se borraban los rincones, y uno que otro rescoldo brillaba vivamente, con la hipnótica fuerza de los ojos de un gato. Daba otro sorbo a su café mientras miraba arder las luces del casino. ¿Cómo era aquella música? La... ra, ra rarara rará... No. Más aprisa. La vocecilla destemplada salía inconscientemente de los labios, porque ella oía otra cosa, oía la orquesta, sentía revolotear su propio traje nuevo, que ella misma se había cosido. Un pasito acá, otro acá, punta y talón. La ra ra ¡rárara! la ra rará... ¡Sí, eso era!

Pero en la calle, Palmira había sentido un gran fastidio. No había querido ya jugar a "Doña Blanca" y había entrado mejor a la casa, y algo la había sobrecogido allí, el silencio tal vez, la luz verdosa o gris, los invisibles rincones. ¿O ese enigmático ruidito? Venía de la cocina, más claro ahora. Sintió el cabello a punto de erizársele de horror, y no encendió la luz porque el miedo le trajo alguna pizca de atrevimiento aventurero.

Ruido rítmico y claro, acompañado de un chillido... ¿una rata? ¿o era llanto de... niño? ¿Lloraba la abuelita? Pero en aquel chillido, curiosamente en el chillido, parecía adivinarse una melodía.

Y así entró a la cocina, sin hacer ruido, y vio a la abuela, jorobadita y arrugada, con su largo vestido en blanco y negro, su chal de lana, entre la luz verdosa que se iba, vio a la abuela brincar con las enaguas levantadas y las canillas descubiertas, una media torcida y otra cayéndosele, bailando y canturreando por la pieza, sonriendo, coqueteando, saludando algún par de fantasmas que se perdían en un rincón. Palmira no pensó que eso fuera chistoso exactamente. (Aunque tenía gracia...) No pensó nada, más bien, sintió profundamente algo como placer, por la anciana contenta, y también lo contrario, una intuición oscura de despojo.

Recordó vagamente alguna estampa de salones brillantes y valses y belleza, y en un segundo aquello se oscurecía y se arrugaba, como un papel echado al fuego, y era la noche verdosa y destemplada de las brujas. (Un dos tres, punta y talón, la abuela daba vueltas, revoloteaba el chal.) Y todo eso sentido, no pensado, salió en forma de risa. Empezó a comentar: —abuelita, ¿por qué?—... La interrumpió la risa y la abuela gritó; quedó quieta un momento, para después precipitarse hacia adelante, un salto enorme y relampagueante de casi sesenta años, que la dejó aquí, en el centro del día de hoy, enfrente de un espejo distorsionado en forma de niña. Y saltó sobre ella, dándole algunos golpes (nunca la había tocado antes) y después huyó al patio, llorando a gritos y acusando a Palmira de haberla espiado. Los golpes no le dolieron en el cuerpo, pero la nieta huyó a la calle, llena de humillación confusa, de una vergüenza que no acertaba cómo formularse.

La madre llegó del trabajo, y ninguna de las dos dijo nada. Palmira cenó en silencio, y al tratar de entender sólo podía pensar cosas como: "yo no iba a contarle nada a nadie, ¿por qué me pegó entonces?" Y al alargar la mano para tomar su pan, tropezó con los dedos de la abuela, que recogían de la canasta, deliberadamente, la pieza especial; la vio a la cara con asombro, y advirtió el agresivo desamor con que la anciana la observaba. Las dos desviaron los ojos, y al pensar "se va a comer mi pan", Palmira pudo, con trabajo, guardarse el llanto.

Cuando salió la anciana era bien tarde, pero casi nadie en la calle dejó de disfrutar del espectáculo. Balcones y ventanas, con absoluta indiscreción, se llenaron de ojos que miraban al hombre silencioso, cargado de maletas y bolsas, y a la vieja que iba junto a él, a tropezones, con la cara escondida en un pañuelo, dando algunos chillidos entre sollozo y sollozo. Hilaria gemía contra la puerta, sin atreverse a ver cómo su madre iba marchando cuesta abajo. Lola y Chayo también lloraban, encharcando sus almohadas, porque se había ido la abuela. Sólo Palmira, fingiéndose dormida, permaneció con los ojos secos.

LAS CONFERENCIAS

A Sergio Galindo

ALGÚN factor desconocido: la cadena de ruidos casi rurales que se filtraban hasta el cuarto (los cascos de un caballo, las aves de algún corral, insectos...) o la calidad inevitablemente popular, casualmente folklórica con que se revestía la pobreza del hotel (las sillas con asiento de paja, la antigua mesa en que escribía, el arcaico mal gusto de aquella estampa religiosa...) algo de todo esto, todo junto tal vez, hizo que el hombre suspendiera los trazos y alzara poco a poco la vista, mientras pensaba nebulosamente: "extranjero, extranjero".

Porque ésa era su condición; esto era un pequeño poblado en México, el país que jamás planeó visitar. Suspiró. Volvió a escribir. Ahora, una tarjeta postal simplemente, sin sobre porque así daba una grata sensación de amistad íntima a aquella necia, insistente mujer obesa, periodista, que a toda hora publicaba noticias acerca de él.

"Leticia, mi muy extrañada..." "plaga", pensó, y continuó escribiendo en su español casi perfecto. Al llegar a "estoy en" tuvo que dar vuelta a la tarjeta, para leer el nombre de aquel pueblo, escrito en un rincón de ese pequeño panorama con cafetales y tejados lejanos; "en Huatusco", siguió. Y después venían otras tarjetas y otras cartas, todas indiferentes, pero muy matizadas con sabios tonos de intimidad, gratitud o moderado respeto; en todas daba cuenta de dónde estaba, de que el lugar era una experiencia vital única, de que desempeñaba una labor difícil pero atractiva.

Miró el reloj: todavía tendría tiempo para escribir largamente a su esposa. Recordó: la pastilla, y la tomó, para después extender los delicados pliegos de papel aéreo.

Cuando dieron las cinco, firmaba. Iba a doblar la carta, pero antes agregó una frase cariñosa y algo nubló sus ojos, unas lágrimas, tan imprevistas como si fueran ajenas. Metió la carta al sobre. Lo preocupaba la salud de la niña menor; podría mandar ahora un poco de dinero, pero el cheque importante no iba a estar disponible hasta la próxima semana. Así eran aquí los asuntos del gobierno, lentos, llenos de giros incomprensibles.

El comité de recepción se detuvo, y el maestro de Literatura golpeó la puerta suavemente. Les abrió un caballero de piel oscura y cabello muy escaso, cortísimo; ése era el célebre conferencista, que ninguno conocía ni de oídas, hasta que el gobierno del Estado les notificó que disfrutarían los beneficios de su palabra, pagando en cambio un precio muy módico: los gastos de alojamiento y transporte corrían por cuenta de la oficina que administraba la cultura.

—Estoy listo, señores—, dijo el hombre célebre, con una sonrisa cordial y un gesto de sencilla benevolencia casi naturales.

Ya se habían conocido por la mañana, pero había ahora dos maestros más, que fueron presentados: el de Aritmética y el de Lengua Nacional. Luego marcharon todos al teatro, un pequeño edificio en herradura, muy siglo XIX del que toda la ciudad estaba orgullosa.

La distancia era corta, así que fueron a pie, contemplados por la curiosidad de algunos transeúntes; el hombre célebre, al centro, como un preso entre sus captores, observaba sin interés los pequeños comercios, los patios llenos de macetas que seguían al zaguán siempre abierto, las salas enmosaicadas, con piano y retratos con ajuar pulman, o vienés, y retratos, nublados por la gasa de las cortinas.

Los niños estaban entrando en filas, pastoreados por sus mayores hasta el interior del teatro, todos muy limpios, distribuidos marcialmente, semiordenados, eran tragados por el local, que desbordaba ya de bulliciosas resonancias.

Esta conferencia para las juventudes constituía siempre un gran éxito, y cada vez los periódicos locales la llenaban de abrumadores e imprecisos elogios. El título mismo anunciaba ya sabidurías fáciles y por eso mismo más preciosas: "La Juventud ante el Tiempo." El repertorio del huésped incluía temas para maestros: "La formación del joven contemporáneo"; para sindicatos: "El Trabajador ante el Mundo Actual"; para mujeres: "Feminismo y Sociedad".

Tuvieron que esperar afuera, más de media hora, mientras la sala se iba llenando con los alumnos mayores de primaria. En las lunetas estaban ya instaladas las secundarias.

—Maestro— dijo el de Literatura—, yo recuerdo haber leído una de sus extraordinarias novelas. Verá... ¿cuál era el título?

El interpelado sonrió interiormente: esto siempre ocurría, con ligeras variantes.

—Debe de ser una pequeña confusión. Nunca he escrito novela, sólo ensayos, y un poco de poesía.

Dijo los títulos y fueron recordados inmediatamente por el director de la escuela, que dijo haber leído todos, mientras los demás se proponían comprarlos, seguros de no hacerlo nunca.

—¿Dónde aprendió su español, maestro?

—Casi no tiene acento.

El hombre célebre se tambaleó de pronto, y tomó por un brazo al director.

—¿Se siente mal, maestro?

—No, no es nada—. No era nada, se dijo, "es la fatiga de los viajes, el esfuerzo de hablar y hablar" día tras días. Pero tomó una pastilla y la pasó sin agua, mientras dos señores corrían a comprarle refrescos que no bebió.

Ahora ya estaba ante los jóvenes, niños realmente, esperando a que el silencio se hiciera total. Recordó un personaje, alguien a quien no había escrito aún, y lo anotó en un sobre, porque era una relación importante que podría conseguirle otra cadena de conferencias, esta vez en el norte de la República. Con los recortes de periódicos, los programas, la propaganda verbal de algunos influyentes que conocía, esperaba seguir a Centroamérica (allí la moneda era tipo dólar). Tal vez el año próximo podría traer a su familia. Volvió a temer el alza en el precio de los pasajes. Nuevamente, un amago de mareo: pasó en seguida. "Tendré que ver un doctor."

Oyó el silencio enorme que despedía la sala. Esperó todavía; callar así, viendo de cara al público, era un recurso impresionante que siempre lograba crear expectación. Habló.

Empezaba aludiendo un proverbio de los estadounidenses (cuidaba de llamarlos así, con un ligero tono despectivo que resultaba delicioso para sus auditorios): "El tiempo es dinero." Esto, aclaraba, es una corrupción del proverbio persa que dice: "El tiempo es polvo de oro, colmillos de elefante y plumas de avestruz." Aquí empezaba a alzar el tono para afirmar con energía que el tiempo no era eso. Usaba imágenes que traducidas directamente de su idioma natal, adquirían un cariz novedoso.

Y construía un gran clímax oratorio, cuya culminación se acercaba cuando decía:

—No, jovencitos, no, amigos: ¡el Tiempo es Vida!—. Una pausa. ¡Vida! ¡Vida!

Notó que empezaba a sudar. Estaba consiguiendo que aquella exaltación ficticia lo poseyera realmente, y ése era el único modo de improvisar con brillo, de renovar un poco el usadísimo texto, de impresionar a los maestros y conservar tranquilos a los alumnos. Engarzó tres imágenes nuevas, una tras otra, y obtuvo un tibio aplauso de los mayores, que los niños siguieron por respeto, primero, por espíritu de juego después, interminablemente; resultó que hacer ruido era más divertido que escuchar a aquel hombre y el aplauso siguió y siguió: empezaban a oírse patadas rítmicas y risotadas cuando los maestros intervinieron y volvió a hacerse el silencio.

El conferencista se había distraído. Sin que supiera por qué, una imagen vino a su mente: él estaba en una especie de plazoleta candente y arenosa, rodeada de columnas con jeroglíficos; entre las piedras crecía una palmera y un vasto silencio reinaba; había una soledad grata y sabia, estaba él consigo mismo y con nadie más, y hacía ya seis mil años que habían muerto los constructores de aquello. "Egipto", clasificó el recuerdo, lo disfrutó un segundo más, y después reanudó lentamente su discurso.

Ahora venían los nombres célebres, los personajes que había conocido, y a los cuales hacía sentir que lo habían ligado vínculos amistosos. Nunca sabía si suprimir o no esta parte; había ciudades en que esos nombres eran conocidos, y había ciudades en que no. Los mencionaba entonces explicando quiénes eran, más para los maestros que para los niños. Citaba ahora a Romain Rolland, luego a Ortega y Gasset, después a Giovanni Papini. Pero sentía dificultad en construir otro clímax, y veía con un vago desconcierto tantos rostros inocentes y maliciosos, tan ajenos, tan extranjeros, tan desprovistos de interés.

—El tiempo es como un río en cuyas aguas no podemos volver a mojarnos; el tiempo es como un líquido en un frasco poroso, que escurre gota a gota, hasta quedar vacío; gota a gota se va, queda en nosotros sólo un residuo turbio, más y más concentrado, pero también más escaso, y más pobre o más rico, según la esencia de que hayamos logrado impregnarlo en nuestra vida, que es también nuestro tiempo.

Toda esta parte la decía ya automáticamente, y podía permitir que otras ideas le ocuparan algo de su atención. Vino una travesía en barco, la primera que había hecho con sus padres. Vino un brusco recuerdo de la guerra y lo apartó violentamente. Elevó el tono de la voz, consiguiendo imprimirle matices exasperados:

—Esa vasta corriente que nos impregna y a la cual vamos clarificando o enturbiando con nuestras acciones individuales. Somos los responsables de un caudal que nos es dado; somos los que debemos responder alguna vez a la pregunta: "¿qué hice yo con mi tiempo? ¿Adónde lo he dejado que me conduzca?"

—¡A Huatusco!— gritó una vocecita de falsete, cuya fuente fue descubierta sin dilación por los maestros.

—Una semana de expulsión y escribir mil veces: "debo respetar el talento" —murmuró severamente el director. Luego, siguió escuchando unciosamente.

El orador se sirvió un vaso de agua. Al hablar otra vez hizo un gesto muy amplio, para ver con disimulo su reloj de pulsera. Notó que seguía sudando con exceso. "'Tengo que ver al médico", se repitió, y empezó a construir el gran clímax final.

—Jóvenes de una patria tan admirable como es ésta; el gran tiempo de México es la suma de los tiempos individuales de...

Cuatro muchachos de sexto año fueron detenidos por el prefecto cuando estaban a punto de escaparse. Logró volverlos a sus asientos sin hacer el menor ruido, pero esto fue aprovechado por una fila entera de los mayores de secundaria, que salieron a gatas y se marcharon corriendo, rumbo al billar. El orador advertía todo, pero no le importaba.

Con aquella gran frase, se hizo evidente a todos que la conferencia había concluido. Estalló el aplauso, y algunas niñas estudiosas subieron a pedir su autógrafo a aquel señor que parecía tan ilustre; dos o tres varoncitos muy serios, uno con gafas, las imitaron; también los maestros. El orador se sentía de pronto muy extenuado, vacío. Vio que caían aún dos gotas de sudor en un cuaderno, y le dio una vaga vergüenza. Una firma, otra, otra. Un pensamiento para la maestra de Botánica, una gran frase para la de Canto Coral.

Lo condujeron nuevamente al hotel, como a un

preso, rodeándolo, muy obsequiosos, ponderando confusamente las excelencias de lo que había dicho. Ya al despedirse, dejaron en sus manos un sobre, con la suma donada por los cafetaleros.

El hombre entró a su cuarto. Estaba oscuro. Tardó un momento en encender la luz, y volvió a oír los cascos del caballo, pero tan lejos, que no supo si sonaban ahora en su imaginación. Leyó la cantidad en el cheque, y calculó cuánto sería en dólares. Releyó algunos párrafos de la carta a su esposa; iba a guardarla, pero antes agregó algunas líneas cariñosas para cada uno de sus hijos, sintiendo un amor cálido por el idioma en que las redactaba. "Nos veremos muy pronto", decía al final, sin creerlo.

"Debo tenderme a descansar", y se desplomó en el lecho. Mientras iba cerrando los ojos, pensó que no debía dormirse porque a las nueve sería la conferencia para los empleados del municipio y el público en general.

LAS FLORES BLANCAS

HABÍA empezado el otoño, pero aquí daba igual. La tarde era caliente, los insectos zumbaban y Adriana canturreaba un canción vieja, mientras seguía con su metódico saqueo bajo los árboles del patio: grandes ramos de hortensias, para la sala; lirios para el comedor, y aquellos floripondios de junto al pozo, para la alcoba de Rosario. También cortó las cuatro rosas raquíticas, los jazmines, las orquídeas y muchas azaleas. Ya tenía listos los floreros: el jarrón con dibujos chinos, la olla de vidrio azul, aquel tan largo y flaco ("que sirva para las rosas"), los dos antiguos, los corrientes, y hasta una cafetera de porcelana vino a cambiar de oficio. Los fue distribuyendo, concentrada, estudiando el objeto en cada lugar: "todo tiene que estar alegre". Para el final dejó la recámara. "Que tenga muchas flores." Y viendo en torno, contenta: "esto le va a gustar". Antes de cerrar la puerta ("que no vayan a entrar las niñas") volvió a ver, con satisfacción, su obra: la colcha impoluta, las formas del lecho borroneadas por la neblina acogedora del pabellón, la profusión de flores blancas. "Parece la recámara de una novia." (Tan mala suerte de la pobre Rosario: divorciada y sin hijos, trabajando como esclava en aquella tienda, lejos del pueblo, sin ver a Adriana, sin ver a nadie.) Miró el reloj: apenas si había tiempo, ¡arreglar y vestir a las niñas!, y empezó a llamarlas a gritos.

Cuando llegó el papá las encontró ahí, como retratos, tiesas y fastidiadas. Rosario, la mayor, contaba cuentos a la otra para tenerla tranquila. Lo besaron, muy circunspectas. Adriana, nerviosa, le dio un ausente beso:

—¿No se me sale el fondo?

—¿Desde qué horas tienes aquí a estas pobres criaturas?

—Estas pobres criaturas deben estar limpias y arregladas cuando llegue su madrina.

—Llega a las seis —rezongó Rosarito.

Adriana vio al marido críticamente.

—¿No vas a vestirte?

—¡Sí! Si voy a vestirme.

—¿Comiste bien con tu mamá?

—Muy bien. ¿Y tú? ¿Comiste?

—Dos bocados. Pero la cena va a estar muy buena.

—Bendito sea Dios que hoy llega ya esa mujer.

Días y días de inacabables y minúsculas actividades: las fundas nuevas de los cojines, las carpetitas del sofá, surtir bien la cocina. Y el estribrillo de Miguel:

—¿Cuántos años crees que viene a quedarse? Tanto trabajo para ocho días.

Ocho días apenas. Porque ésas serían las vacaciones de la pobre Rosario, de la bella Rosario, blanca, redonda, bajita y alegre. (Tal vez por eso pudieron ser amigas, porque Adriana era alta, maciza, severa, casi triste, con sus ojos enormes y sombreados; Rosario y ella, juntas, se completaban, se subrayaban mutuamente.)

Miguel se puso el traje de casimir.

—¿Cuánto hace que no viene Rosario?—, preguntó.

—Rosarito tenía casi dos años... Hará... cuatro que estuvo acá.

Hablaba distraída, viéndose al espejo. "Dios mío,

los años." Estaba acabada. Se repintó los labios, se trenzó bien el pelo. "¿Cuatro? Más de cuatro años. Estaba yo embarazada de Adrianita..." Y se le había ido la criada. El cura se indignó de que hasta entonces llevaran a bautizar una niña tan grande y los llamó idólatras. Pero Rosario no había podido venir hasta entonces. Después la fiesta resultó interminable y el marido de Rosario se embriagó vergonzosamente; ese matrimonio ya andaba muy mal...

—Apúrate, Miguel.

—Caramba, ya estoy listo.

Estaban todos listos, al fin: ella, con el vestido nuevo, las niñas limpias y Miguel sudoroso y malhumorado, de casimir.

—Podrías poner mejor cara.

—Es tu amiga, ¿no? Pon tú la buena cara.

—¿Te disgusta que venga?

—No.

"Ya se le pasará."

Llegaron a la estación. Las vendedoras ya estaban ahí, con sus canastas de naranjas, sus tacos, sus ramos de flores. ¿Se oyó un silbatazo? Lejos.

—¡Creo que ahí viene ya!

Palpitó más de prisa el corazón de Adriana. Se imaginó a su amiga juntando el equipaje. Luego abriría el bolso, se vería en el espejo y al descubrir "me brilla la nariz" se retocó el maquillaje levemente; vio si ya estaba todo: la maleta, el paquete, su abrigo. "¡Este calor de aquí!" Volvió a verse al espejo. "Adriana va a pensar que estoy muy vieja. Estoy. No tanto." Cerró el bolso. Había otros pasajeros que se aprestaban a llegar. El carro, por fortuna, no venía lleno. Rosario abrió la ventanilla. Taca ta taca ta taca. "Vamos pasando el puente, y luego viene la curva, luego va a verse el pueblo..." Se imaginó la impaciencia de Adriana. "Ha de haberse matado arreglando y limpiando." Y al oír el silbato, largo, larguísimo, supo que en ese instante Adriana iba a gritar:

—¡Allá viene!

Les llegó el silbatazo, vieron el humo. Las niñas daban grititos de contento y los padres las sujetaban ferozmente de las manos, para evitar cualquier imprudencia. Unos hombres corrían, empujando la carga rodante del exprés. Pasaron otros con las bolsas del correo.

Crecieron los campanazos. Los envolvió una nube de vapor y al estrépito se unieron los gritos de los que esperaban y de los que llegaban:

—¿Adónde está?

No la veían.

—¡Adriana!

Ahí, ahí. Corrió a la ventanilla por la que se asomaba medio cuerpo. "Viene en segunda, pobrecita." Se le humedecieron los ojos, no soltaba las manos de Rosario, decía palabras exaltadas de bienvenida.

—Pero deja siquiera que me dé su equipaje.

Obedeció a Miguel, la soltó. La maleta salió por la ventanilla y Rosario bajó por fin del tren, se tiró a los brazos de Adriana y dejó escapar dos chorritos de lágrimas.

—Bésenla, hijitas, ésta es su madrina.

—De ella no, nada más mía—, rectificó Chayito muy posesivamente.

—De las dos, preciosas, de las dos, queriditas. ¡Pero qué lindas son!

Y las besaba, las abrazaba. Después, Miguel la

estrechó jovialmente, haciéndola girar en el aire, y con eso cortó la melancolía de los saludos anteriores.

Los precedió el cargador. Rosario veía todo con ojos de nostalgia.

—Cada día está más feo el pueblo—, murmuró con cariño.

—Lo han arreglado mucho. Pero claro, como vienes de México...

En cambio, la casa le pareció preciosa. Como si alguien le apuntara, descubría los detalles que más había cuidado Adriana y los ponderaba debidamente. La conmovió su cuarto. Sentadas en el filo de la cama se pusieron a hacer recuerdos, pero las niñas entraron brincando y gritando:

—¿Qué nos trajiste? ¿Qué nos trajiste?

Así que Rosario abrió la maleta y sacó unas muñequitas humildes, vestidas por ella misma, y unos paquetitos de caramelos. Después, dos corbatas para Miguel, y un vestido para Adriana ("¡elegantísimo! ¡precioso!") de los que vendía en la tienda.

Se hacía de noche a toda prisa. Encendieron los focos, deslucidos y parpadeantes. En el tejado empezaron a caer goterones, gordos, aislados. Y después más, y más, y por fin el aguacero. Los árboles del patio gesticulaban atropelladamente. Las mujeres veían caer el agua. Rosario ya no era alegre. Eran sus gestos, sí, nerviosos, pero una nueva calidad los matizaba, algo enfermizo y hasta lúgubre, porque (sería la luz, que parpadeaba a cada rayo) su mímica parecía un tanto excesiva, y no era grato verla crispar la boca, o mesarse desatinadamente el pelo.

—¿Por qué sigues en México? Tienes acá tu casa, nos tienes a nosotros...

—Ya no sería lo mismo. ¿Cómo verían aquí una divorciada? Tengo allá mi trabajo, la dueña de la tienda es muy decente... Ya ven, me dio estos ocho días.

¡Ocho días! Nada más ocho días. Adriana la tomó del brazo. Qué cortos iban a ser. Veían caer el agua y callaban, porque faltaba un poco todavía para encontrar de nuevo la intimidad. Ocho días, después de no haberse visto tantos años.

Las niñas merendaron y fueron mandadas a dormir. Después las dos amigas y Miguel se sentaron en la sala. El hombre dificultaba todo, ponía distancia entre ellas, que tenían tanto que contarse. Él se aburría también, y fumaba un cigarrillo tras otro. Cuando se hacía un silencio, quedaban sonando las curvas de los sillones.

—¿Sabes que murió don Antonio?

—Ay, no. Pobrecito. ¿Y de qué?

—Los riñones. Duró enfermo varios meses.

Comentarios tristes, recuerdos del difunto.

—La nena Báez tuvo otro niño.

—¡Otro! ¿Cuántos tiene ya?

—Siete.

Y así seguían, como un censo.

—Parece que van a hacer otro cine, cerca del parque.

—Los Linares tienen un edificio nuevo, de tres pisos.

—No creas, esto ha crecido mucho—, completaba Miguel, y luego se le ocurrió: —¿no quieres un vinito de nanche?

—Ay, sí, danos.

Porque el vino de nanche estaría lleno de recuerdos. Se levantó Miguel y fue a buscarlo. Ellas callaron. Oían la lluvia, sonreían.

—Estás igual de guapa—, dijo Adriana, porque pensó con fuerza lo contrario.

—Qué va mujer. Estoy muy acabada. Tú si estás bien.

—Anda tú. Qué va. Los años...

Otro silencio. Volvió Miguel, con las copitas. Adriana le vio la sonrisa dura del fastidio. Lo vio quedarse de pie, dudando entre dejarlas solas o seguir ahí. "Ojalá que se largara." Se quedó. Se sentó y empezó a hacer esfuerzos por alegrarlas. Contó chistes, algunos muy vulgares.

—Ay, Miguel —lo reprendió Adriana, riendo con gran estrépito ficticio para premiar los esfuerzos del hombre. "Idiota, por qué no se larga a leer su periódico." Y la pobre Rosario, riéndose a carcajadas, fingiendo divertirse, "¿o estará riéndose de veras? Ojalá".

Vino a avisar la criada que se sentaran a la mesa. Se fue la cena en ponderar las delicias que había guisado Adriana. La animación era falsa y la charla hueca: ruido, palabras. La intimidad seguía esperando su momento. Con el postre pasó la lluvia. Quedaron sólo el gorgoteo de los caños y el metrónomo de los goterones. De repente, vino a caer muy cerca un último rayo. Fue un desplome espantoso, que iluminó todo vívidamente; por un instante pudieron ver cada hoja, todo resplandeciendo, todo lívido. Rosario volcó el café, Adriana dio un gritito.

—Cayó en la torre de la iglesia.

En seguida se apagaron las luces. Del cuarto de las niñas llegó un desconsolado grito y luego un llanto de miedo.

—Miguel, ve a verlas tú.

Miguel fue. Adriana encendió velas.

—¿Quieres más dulce?

—Ay, no, ya estoy muy llena. Más café, sí. ¿Sabes? Ahora fumo.

—¿Fumas?

—Sí. Aprendí. De ociosa. Pero es que estando sola... ¿vieras que a veces da mucho consuelo el cigarro?

La vio encenderlo, y al mismo tiempo se abrieron de par en par las puertas y brotó la corriente mutua, confiada. Se borraron los años y:

—Nunca tuvimos hijos porque él no quiso. Mejor. Qué iba yo a hacer ahora. No me pasa pensión, ni nada. Dichosa tú, con Miguel.

—Sí, es muy bueno. Sólo que... Mira, después de siete años, los hombres... Ay, Rosario, ¿te acuerdas de las públicas de aquí? Tan horribles, tan... Ahora son peores. Hay una prieta horrorosa, con cara de mala; le dicen un nombre muy feo. Bueno, pues Miguel ha ido a meterse con ella, varias veces. Yo me veo y pienso, pues no estoy tan fea todavía, mi cuerpo, lo he conservado... Y pasan días y días, semanas, sin que Miguel se acuerde de que existo.

—¿Y qué haces?

—¿Pues qué voy a hacer? Nada. Esperar. Ves que me arreglo, me pinto. Hasta me compré un camisón de encajes, precioso, vas a verlo. Ay. ¿Y tú? Sola y tu alma.

—Bueno, sola, sola... no.

—¿No?

—¿Pues cómo quieres? Tres años sin marido... Oye, una es mujer.

—¿Vives con alguien?—. Con un asombro levemente alarmado.

—No, no. Vivir, no. Quedé muy escarmentada. Pero dos o tres veces... me han invitado amigos al cine, y a cenar. Y luego...

Se vieron. Adriana estrechó la mano de la otra.

—Pero... ¿cómo has podido?

—¿Te parece muy mal?

—No. No es que sea... muy mal—. (Allá en el fondo, ella lo había supuesto.) —Es que eso es muy triste, ¿no?

—Sí—. Un silencio. —No hay... hombres, hombres que te quieran que... Si a veces, mira, no es ya por la necesidad, es por la compañía, porque te besen y te digan cosas. Trabajo todo el día, tienda para mujeres, ¿a quién voy a encontrar ahí?

—Claro, claro—, comprendiendo, absolviendo.

—Y luego, hay un vecino, pero es casado. Se lleva mal con su mujer. Y no he querido, pero me busca y me...

¿Alguien estaba oyendo? Las dos volvieron la cara hacia la puerta. Entró Miguel.

—Tuve que dejarles allá la vela. Les daba miedo la oscuridad.

Adriana le espió la cara. ¿Había estado escuchando? No.

—Mi ahijada está preciosa. ¿Qué edad tiene Adrianita?

—Tres años, casi cuatro.

—Claro, casi cuatro.

Era hora de dormirse. Tomadas de la mano, fueron al blanquísimo dormitorio.

—La cama de la virgen—, bromeó Miguel.

Otra vez lo vio Adriana con desconfianza. ¿No había estado escuchando? Sintió debilidad en las corvas, y una opresión en la garganta. Porque eso jamás lo entendería Miguel. Porque vería a Rosario de otro modo, y empezaría a hablar, a hacer bromas infames.

—Hasta mañana, Rosario.

La abrazó por los hombros, sonreía con franqueza. No había escuchado nada. Quedaron solas otra vez.

—La colcha la bordé para ti. Te la vas a llevar.

—Ay, mujer.

Había que sacar las flores al patio, porque es malo dormir junto a ellas. Lo hicieron entre las dos. Los lirios exhalaban un perfume casi cadavérico. Se besaron después. "Hasta mañana, hasta mañana." Serían muy cortos los ocho días. Serían como un suspiro.

Ya en la cama, comentó con Miguel:

—Pobrecita Rosario. Se ve acabada.

—No, qué va. Está bastante guapa todavía. Bastante.

Se durmieron.

Había vuelto la lluvia y hacía frío. Adriana despertó de algún sueño molesto, con sobresalto leve. Se quedó oyendo caer los goterones, graves, agudos, graves, y el susurro continuo del agua en el tejado. Tardó algunos momentos en sentir la ausencia del otro. Semidormida aún palpó el sitio vacío, y estaba tibio: Miguel acababa de levantarse. "¿Le haría daño la cena?" De muy lejos, del fondo de la casa, llegó un ruido de caja de agua que se vacía; luego una puerta, cautelosa. Luego silencio. Sin motivo ninguno, empezó el corazón a latirle más aprisa. "¿Por qué se tarda tanto?" Se incorporó en la cama, trató de oír. "Estará bebiendo agua." Ya no tenía sueño. Abrió mucho los ojos y lanzó los oídos hacia la oscuridad. "No ha encendido la luz." Y oyó un murmullo entonces, indescifrable, imperceptible casi. "Están. . . ¿hablando? Miguel ha ido. . ." Ya casi no oía más que los golpes de sangre de sus propios oídos. Luego, las gotas de agua. ¡Y ese murmullo! ¿Frases? ¿Palabras? Comprendió de repente, la sorpresa sobresaltada de Rosario, los pasos cautelosos que se habían detenido en el borde del lecho; la imaginaba bien, la infeliz, la espantada Rosario, sin atreverse casi a hablar, "va a despertarse Adriana", y cómo iba a gritar, a rechazar con energía a aquel estúpido, "va a despertar Adriana, vete, vete de aquí", musitándolo apenas; lo vio que alzaba el pabellón, sintió el peso del cuerpo al sentarse en la cama; "Miguel, vete de aquí", quería llorar, gritar, no se atrevía a moverse. "La dejé muy dormida", murmuraba la sombra. Sintió la mano cauta, palpándole los pechos. La retiró con energía. Vino muy lentamente la otra mano, muy certera, muy cauta, muy segura de sí. "No puedo hacer escándalo." Qué iba a decir Adriana. "Tal vez no esté dormida." Se había acostado junto a ella, muy despacio, muy cauto, muy seguro de sí. "No tengas miedo, está dormida." La ciñó, la besó entre los dientes, con gran fuerza. No podía decir nada, no se atrevía a hacer ruido. Imaginó de pronto, en un relámpago, a la esposa despierta y aterrada, paralizada como ella, muda de horror, sin oír otro ruido que el de su propia sangre, quiso gritar "Miguel ya no te tardes, Miguel adónde estás", quiso encender la luz, levantarse a buscarlo. No lograba oír nada. Se fue dejando caer en la almohada, jadeaba silenciosamente, abría mucho los ojos, pero ya no quería oír. Seguían cayendo las gotas, graves, agudas, graves; cantó lejos un gallo. Pareció que pasaba mucho tiempo hasta que oyó los pies descalzos, silenciosos, que entraban a la pieza. Luego, el cuerpo en la cama.

Miguel se acomodaba de nuevo junto a ella, despacio. Se detuvo un instante.

—Adriana—. Casi inaudiblemente. —Fui al baño.

Ella no contestó. Tranquilizado, terminó de acostarse. Un momento después, dormía.

Seguía lloviendo en la mañana, un chipichipi terco, que iba a durar sin duda todo el día.

—Ha de haber norte en Veracruz—, dijo la criada.

Cuando entró Adriana en el cuarto de Rosario la cama estaba tendida. Tuvo que preguntar:

—¿Qué tal dormiste?

—Bien, bien, gracias—. Tenía los ojos enrojecidos, un poco hinchados. Pero había que decir algo más:

—Ya va a estar el desayuno.

Cada una sentía lástima de sí misma y una gran compasión por la otra, pero no podían verse a la cara.

—Mira qué día tan triste.

Abrió la puerta y ahí estaban las flores.

—Qué frescas amanecieron —dijo Rosario.

—Por la lluvia.

—Aquí tardan mucho en marchitarse, me acuerdo.

—Sí. Pueden durar más de una semana.

Se vieron fugazmente. Faltaban siete días de alejamiento y disimulo. Faltaban siete larguísimos días. Se quedaron calladas. Luego, murmuró Adriana:

—Ayúdame a meterlas.

Y empezaron a acomodar otra vez los floreros, uno tras otro, hasta dejar en orden la inundación de flores blancas.

La criada entró a avisar que estaba listo el desayuno.

CUBILETE

A Fernando Benítez

... tus minas el palacio del Rey de Oros ...

RAMÓN LÓPEZ VELARDE

COMO el ropero rechinaba roncamente al abrirlo, la esposa se dio cuenta de lo que Mario estaba haciendo.

—¡Mario! ¡Es el dinero del gasto!

—Te lo voy a traer al mediodía.

—¿Y cómo piensas que vamos a comer hoy? Es lo único que tengo.

Él asía aquel billete con la punta de los dedos, jugaba con él un poco y la miraba:

—Es que no tengo un centavo en la bolsa. Y siempre hay que pagar algo...

—*¿Y cómo piensas que vamos a comer hoy?*

—Que la comadre te preste, ¿no?

—Le debo ya treintaicinco pesos—. Esgrimía el cucharón como si fuera un arma, y estaba tensa, en actitud de asalto. Así se vieron unos segundos. Luego, una corriente de apatía pareció circularle por las venas; despacio, fue a sentarse en el filo de la cama revuelta y vio hacia la pared con un gesto que borraba de la pieza y del mundo a Mario y sus acciones. "Qué fatigada estoy, haz lo que quieras", parecía decir ese gesto. Mario había vencido una vez más.

Él vaciló un segundo y después se guardó aquel billete en la bolsa. Sonrió muy ampliamente, con su cálida simpatía que nunca había perdido.

—No se enoje, mi vieja. Nos vamos a comer a un restorán, ¿eh? A ver si ya estás lista cuando yo llegue.

La esposa lo miró con escepticismo. Tal vez llegara y tal vez no, tal vez consiguiera dinero y tal vez no, y bien podía volver hasta la noche, o al día siguiente, porque así se portaba desde que andaba metido en la política. "Le pediré prestado a mi mamá", pensó, y una cólera oscura la hizo apretar los dientes.

—Vamos a estar vestidos y sentados esperándote, aquí, sin comer, hasta la hora que llegues. A ver si nos dejas en ayunas—, mintió.

Él la besó, contento porque ya no había lucha. Se vio al espejo, pulcro, casi elegante, con su traje de dril muy bien planchado; ensayó una sonrisa, ensayó dos o tres expresiones faciales: se aprobó; la imagen respiraba prosperidad y confianza en sí mismo. Dio otro beso a la esposa y apresuradamente se marchó a la calle. Tuvo tiempo de oír el grito.

—¡Ya lo oíste: sentados en la sala, y vestidos para salir, y sin comer, hasta que llegues!

—Ya oí, mujer, ya.

Alcanzó a llegarle el rezongo final:

—¡Maldita sea la hora en que te metiste en la política!

Cerró la puerta con cuidado y de un salto subió al tranvía que pasaba.

Cuando se bajó en la Plaza de Armas ya calentaba el sol. "Va a ser un día tremendo." Cada portal mandaba desde el techo un rumor de aspas furiosas, y el mar soltaba brisas de vez en cuando, pero eso no era nada contra aquel vaho de horno que empezaba a subir del asfalto. Y apenas eran las 10 de la mañana.

En el portal del "Diligencias" ya estaban todos instalados. Mario fue saludando con expresiones muy variadas: —Qué tal, mi diputado—, cómo te va, cabrón—, general, cuánto gusto de verlo—. Había unas tres personas a las que no conocía, pero muy pronto iba a saber quienes eran. Don Leonardo debía de llegar en poco más, y la espera se iba llenando con cuentos pornográficos, vaticinios de un gran cambio hacia la derecha en el gabinete, o de la inminente caída de un cacique local, o descripciones de *la nueva*, una muy buena que había llegado al burdel habitual con grandes novedades técnicas en su repertorio.

La conversación decayó, porque tardaba don Leonardo.

Mario interrogó a Ciro por lo bajo:

—¿Quiénes son ésos?

Ciro explicó que los más viejos querían sendas concesiones forestales, muy importantes. El cadavérico tenía interés en algo que no sabía muy bien, de pesca.

—¿Cuál me vas a dejar?

—Bueno, según lo que diga Argüelles.

—Claro, sí.

—A ver si el de la pesca.

Eran las once y media. Todos languidecían. E intempestivamente, había llegado don Leonardo, exageradamente pulcro, con su clavel inevitable en la solapa y el escaso cabello alisado a la perfección. No le gustaban las grandes cortesías: saludó familiarmente, le contestaron a coro: se sentó; hubo un rumor de sillas; todos imperceptiblemente corrigieron sus actitudes y adoptaron otras más tensas, casi como cuando entra al salón un maestro pavoroso, pero superficialmente amable.

Un mozo recogió, a toda prisa, las cervezas, aun las que estaban llenas, porque desde este instante se bebería solamente coñac. Empezaba esa larga, democrática tertulia tan conocida por los habitantes del puerto, algunos de los cuales se detenían un segundo para saludar a don Leonardo, con la esperanza de parecer después más importantes, aunque era bien sabido que él dedicaba a todos, conocidos o no, la misma familiaridad con palmaditas, la famosa, la fotografiadísima sonrisa y el mismo largo apretón de manos.

—Permítame que pague la primera—, solicitó Ciro con respeto.

Mario no supo si alegrarse. Sólo tenía en la bolsa el billete sacado del ropero, cincuenta pesos nada más. Si cada quien pagara una tanda, él no sabría qué hacer cuando llegara el turno de la suya. Había quedado cerca de la cabecera, demasiado cerca para dejar pasar disimuladamente la ocasión de invitar. Y alguien sin un centavo perdía todo respeto, quién va a confiarle asuntos de muchos miles a uno que ni siquiera puede pagar la tanda de coñaques.

—No, no—. El permiso de pagar le fue negado a Ciro—. Que traigan el cubilete.

Mario respiró un poco: preferible el azar. Quiso valuar al cadavérico: no podía dar idea. Tal vez, seguramente casi, era otro intermediario entre el que verdaderamente hacía el negocio y el casi omnipotente poder de don Leonardo, que había de conceder, o no, la gracia solicitada.

"Si fuera cosa de cien mil", pensó Mario, "son diez

mil para Ciro, mil o dos mil para mí." Las concesiones forestales eran mejores; hacía dos meses había caído una de casi dos millones, pero le había tocado a Sáenz. "Argüelles lo prefiere, le va a dar lo de la pesca." La cadena era ésa: los hombres como Sáenz, o como Mario, prometían manejar todo; Ciro tomaba el asunto entre las manos para, secretamente, dejar que don Leonardo resolviera, y obtuviera en un rato de charla o en dos llamadas telefónicas la promesa verbal de que aquello se haría. Ciro, sin mencionar jamás a don Leonardo, recogería las firmas; los nuevos, como Sáenz o como Mario, hacían los trámites menores, las vueltas de una oficina a otra, nunca muy largas ni muy difíciles porque todos sabían el nombre que respaldaba aquello.

Humedecido de sudor, el cubilete iba pasando de mano en mano, sonaban las piezas de hueso dentro del cuero, rodaban en la mesa y cada quien decía en voz alta su puntuación:

—Dos pares.

—Tercia.

—Pachuca.

Mario notó que iban perdiendo todos: la cosa iba a quedar entre Argüelles y él. Por un instante se le alteró el pulso, tuvo una repentina resequedad en la garganta. Recibió el cubilete, lo sacudió y tiró, sin pensarlo siquiera. Le salieron dos reyes. Recogió tres dados. Sacudió. Estaba haciendo una difícil maniobra mental que consistía en pensar en otra cosa, en algo indefinido, y en la parte más oscura y profunda de la mente ordenar a los dados que le dieran el otro rey. Se lo dieron.

—Tercia—, dijo con naturalidad, y se tomó la copa de un trago. A ver qué tanto hacía Argüelles.

Sonó de nuevo el cubilete en las manos del otro, rodaron los dados.

—Hijos de la gran puta—, comentó Argüelles con mansedumbre. Era pachuca. Sacó el dinero de la bolsa y lo tendió al mesero: —Las otras, iguales—. Pues los pedidos se pagaban al ordenarlos, según el código de la mesa.

Comentaban ahora, cautamente, que iba a jugar Argüelles para diputado federal. Con lo cual, la intimidad más próxima a don Leonardo quedaría disponible para otro, Ciro seguramente, y habría entre todos un arbitrario movimiento de escalafón, que iba a depender de regalos, o simpatías, o complicidades de burdel, o de cantina, o repertorio de chistes, o seriedad, o esplendidez... tantos misterios y minucias de afinidades y preferencias en el trato personal.

Mario sintió, por largo rato, que él era el amo de sus dados. Con una zona oscura de su mente les daba órdenes, pero fingía no darlas y pensaba obstinadamente algo distinto mientras allá, en algún sitio en que las cosas no se formulan en palabras, él ordenaba: "un par de cincos", "un rey", "un as". Luego, de golpe, algo falló. La docilidad de los dados se había encontrado con otro amo más fuerte en algún punto de la mesa.

—Pachuca—, dijo Mario. Conservó un dado, un as. Tiró de nuevo: un par.

Le iban faltando fuerzas, lo sabía. Un trago más y perdería al fin. (Habían perdido casi todos, habían pagado casi todos, hasta don Leonardo.) "Pedir prestado." Las dos palabras subieron flotando, como maderos que se desprenden de un barco hundido. Se aferró a ellas con pánico, vio rostros: Sáenz, Ciro,

Argüelles... los demás amigos... Soltó los dos maderos, volvió a nadar con fatiga. Y ese ventilador, que no bastaba...

Iba a correr la nueva tanda cuando vio el rostro ansioso, el gesto tímido: alguien, junto a aquella columna, le hacía señas discretas y angustiadas. "Héctor Cervera." Un hombre de otro universo, alguien que fue compañero de oficina y amigo, entre los muchos que ya no veía más desde que había obtenido un puesto sindical y por allí había entrado en el mundo de la política. No demostró haberlo visto. ("Hay que disimular, nunca se sabe", otra de las nebulosas leyes en el código intuitivo de la mesa.) Se levantó, como si fuera a orinar, y entró al edificio; ahí, fuera de perspectiva para los otros, hizo señas a Héctor. Se abrazaron, se alejaron hacia un rincón.

A Héctor le habían pasado veinte desgracias: se le había muerto un hijo, había hipotecado su casita a medio construir. Y ahora la madre estaba muy enferma, en Baja California, ¿y con qué dinero iba a cruzar la enormidad del país, para llegar a tiempo?

Mario escuchó con emoción (un tanto distraída) las desgracias del amigo. Todo aquello conducía a un préstamo. Sí, lo habría ayudado de haber estado en otras circunstancias. Pero ahora importaba más esa inmediata tanda de coñaques (¿y cómo carajos iba a pagarla?) y no podía sentir realmente todo lo que aquel pobre le contaba.

—La polio. Pobrecito. Era tu hijo más...— Buscó la palabra. (El día anterior, don Leonardo le había contado un chiste a él, especialmente a él, a Mario, y eso quería decir...) —...más listo. Pobrecito.

No supo continuar Apretó el brazo de Héctor. Y

la mamá, tan grave del corazón, ¿con qué se le complicó? No entendía bien si los pulmones eran del hijo o de la madre, o a quién pertenecían los riñones enfermos, o el hígado. Tanta víscera, y él ya estaba tardando demasiado, lejos de la mesa. Pobre Héctor, verdaderamente lo sentía. Tan impaciente estaba, no, tan condolido, que pensó darle en un gesto magnífico (se vio haciéndolo) su único billete de cincuenta pesos, que al fin tampoco a él le servía de nada. Y una extraordinaria cadena se desenredó en su mente, dando un chasquido, con todo el brillo de un relámpago. Se quedó viendo al otro, críticamente, catalogándolo: ojos húmedos y humildes, barba de dos días, ropa limpia y descuidada, decencia... La imagen misma de quien tiene tratos con la fatalidad.

—Héctor, fíjate bien. Estoy sin un centavo. Pero me vas a repetir todo esto en la mesa, tal y como me lo has contado.

El otro no entendía; procedió a explicarle velozmente.

Volvió a sentarse; ya iba acabando la jugada y se dio maña para no tomar parte. Ninguno había advertido la duración de su ausencia. Circulaban los dados otra vez cuando Héctor se aproximó. Fingió no verlo, y así fue como Ortega le dijo a Ciro, y Ciro a Mario que lo buscaban. Alzó la vista:

—¡Héctor!

¡Un viejo amigo! Salió del sitio, lo abrazó, tanto tiempo sin verlo. Ahora podía pensar en Héctor como en un ser humano, sin el temor del cubilete, sin la impaciencia de estar lejos de la mesa. Los sentimientos le fluían con tal sinceridad que el mismo Héctor se olvidó de que se habían visto minutos antes. La escena volvió a correr, pero a la perfección. Ahora sí eran los dos viejos amigos. Casi si darse cuenta, Mario alzaba la voz, subrayando las partes claves de la conversación, haciéndola vagamente inteligible para los espectadores.

—Tu hijo el más chico...

—Tu mamá...

—En Baja California. Tan lejos.

—Se va a quedar sola tu esposa, claro. ¿Y los otros niños?

Ahora sí. Los pulmones fueron los del niño; el corazón, de la madre; el hígado, de la esposa, que quedaría sola si Héctor pudiera hacer el viaje.

Había terminado el relato. Mario permaneció serio, concentrado, sufriendo junto a Héctor, pensando con mucha fuerza: "¿cómo voy a ayudarlo?" Echó mano a la bolsa, vio a los demás. Tomó lo que parecía la decisión súbita de un corazón abierto: habló.

—Quiero que conozcan a un viejo amigo mío, Héctor Cervera. Se le murió un hijo; tiene a la madre enferma en Baja California...

Casi se sorprendió al oírse la voz, enronquecida de emoción auténtica. Pudo explicar el caso con un patetismo discreto y eficaz. Remató con un gesto que por poco se pasa de impulsivo: tomó de pronto el sombrero de Sáenz y echó el billete único que traía, sin dejar ver demasiado de qué color era.

—No puedo ayudarte con más. Pero yo sé que los amigos...— Hizo un gesto. —Todos sabemos lo que es tener a la madre enferma, o dejar a la esposa sola. Héctor es un trabajador, como todos nosotros...

Agregó unas cuantas líneas. Aunque todos sabían

beber, a esas alturas ayudaba el coñac para bombear los sentimientos que invocaba Mario. Hizo circular el sombrero. Sáenz veía pasar su prenda de mano en mano, mientras iban llenándola de billetes. Cuando pasó por las suyas ("qué sudadas las tengo") echó cien pesos de mala gana, pensando que el sombrero era nuevo y se lo iban a ensuciar.

Don Leonardo arrojó un billete que Mario no pudo distinguir de cuánto era, pero que hizo tragar saliva al cadavérico, pues él seguía, imposible ser menos. Y estaban los otros solicitantes, que contribuyeron también. El sombrero iba a volver al punto de partida, y se imponía que don Leonardo dijera alguna frase. Lo hizo: vio a Héctor con esa simpatía que irradian los grandes hombres y dijo, serio, poniendo ojos de idealista:

—Sólo tenemos una madre en esta vida.

Todos pusieron caras emocionadas y Ciro murmuró:

—Sólo una.

El sombrero rebosaba billetes, y Héctor no sabía si sentirse como un payaso de feria o como un hombre muy afortunado. Mario lo abrazó, pero ya la vergüenza era excesiva; murmuró oscuramente su gratitud y huyó casi, al interior del ediifcio, con el sombrero entre las manos.

Mario volvió a sentarse. Un silencio emocionado flotaba sobre la mesa. Estaba hecho, y ahora sólo quedaba alcanzar a Héctor y repartir equitativamente lo ganado. De pronto, el corazón le dio un vuelco: *¿y si Héctor se fuera con todo?* Empezaron a escurrirle goterones por la frente; era una suerte ese calor, porque también a otros, pero él sudaba frío. ¿Y si Héctor se fuera con todo? El cubilete sonó en las manos de don

Leonardo. Iba a empezar la tanda y tendría que esperarla, íntegra, antes de ir a buscar a Héctor.

Sáenz no sabía cómo formularlo, pero era su único sombrero. Dijo al fin:

—Tu amigo... Tu amigo estaba tan emocionado...— Trató de sonar casual y divertido...— que se llevó mi sombrero.

Las carcajadas fueron tales que la gente se detuvo en la calle, para curiosear. A don Leonardo le escurrían lágrimas de risa. El cadavérico enrojeció. La emoción que habían tenido que sostener se rompía al fin del mejor modo posible. Aullaban, golpeaban la mesa.

—¡Hermano, qué bárbaro!—. Mario también se doblaba de la risa. —Voy a alcanzarlo.

—No, no tiene importancia, déjalo—. Y el pobre Sáenz trataba de reírse igual que todos, pero sentía que de algún modo el tiro de cubilete había salido en contra suya.

Mario se apresuró, actuando levemente en farsa. Fingió buscar en la calle, preguntó a un mesero y entró hacia el sitio convenido, el mingitorio.

Ahí estaba Héctor esperándolo, con el sombrero apretado entre los brazos, sin atreverse aún a valuar el fruto de la colecta. Lo contaron juntos, y a Héctor le dio un mareo, se apoyó en la pared y empezó a sollozar: nueve mil ochocientos cincuenta pesos.

—Hermano, hermano.

No atinaba. Al abrazar convulsivamente a Mario tiró el sombrero en un charco de orines. Lo levantó.

—Hermano.

Se sonó, empezaba a serenarse.

Mario se conmovió también, se le humedecieron los ojos, se sintió bueno, hábil, grande, generoso.

—Dame nada más cuatro mil.

Héctor sollozó en seco.

—No, no, no, hermano. La mitad, menos. . .

Mario le echó el dinero a la bolsa. Lo dejó llorando en el mingitorio.

La entrega del sombrero provocó nuevas carcajadas. Ciro le susurró a Mario en el oído que el asunto de pesca sería para él. Alguien hablaba de una vacante para un puesto pequeño: diputado local suplente (pero era un escalón, y hasta podría ser un buen escalón). Esa región oscura de la mente de Mario le prometió que sería suyo.

Tiró los dados: una tercia. Los recogió y supo que haría pókar. Agitó el cubilete, hizo sonar los dados como quien rueda una semilla en el vientre de un fruto maduro y en el tronido seco y hueco sintió que se agitaban montes y costas, campos agrícolas, peces, minas, ganado, la Patria entera de las lecciones de Civismo y Geografía. Tiró, para anunciar tranquilamente:

—Pókar.

LA DESTERRADA

A mi madre

ERA COMO el rugido del mar, y duraba hasta las once de la noche, a veces hasta más tarde. Abajo, se oían los gritos de los hijos del capitán, viendo la televisión, y por encima, cubriendo todo, ese constante ruido, como si una carretada de piedras rodara continuamente cuesta abajo, llena de ecos. De vez en cuando eran silbidos, un cielo entero de globos que se desinflara de una vez.

Habían construido esa arena de box y lucha libre en las espaldas mismas del edificio, y desde hacía dos años eso ocurría regularmente, dos o tres veces a la semana. Se oía todo: los campanazos, las malas palabras y aun, en algún instante en que toda esa multitud se quedaba con la respiración suspendida, el flojo costalazo de los cuerpos. Luego volvía la ola, más fuerte que nunca.

De la familia, a uno de los muchachos le gustaban las luchas, al chico no. La hija se había acostumbrado tanto al ruido que ya lo consideraba apenas como otra clase de silencio. Y Leonor, más sensible, tal vez por vieja, no podía dejar de imaginarse que dos hombres se pegaban allá, hasta sangrarse, hasta medio matarse. Pensaba en las clases de catecismo, en el circo romano, en *Fabiola*, porque ahora su memoria recordaba todo aquello con más claridad que las circunstancias recientes.

Aprovechaba la noche para regar silenciosamente sus plantas. Arriba, todo el cielo se reducía a ese rectángulo sonoro, con un marco descascarado de cal y ladrillos desnudos; por un lado se erguían líneas negras de chimeneas y tuberías; por el otro, los trazos angulares de las antenas. La luna se dejaba ver hasta más tarde; mientras, un puñito de estrellas que se podían contar, casi, con Orión al centro. El estruendo de arriba coincidía con los gritos de abajo: "¡mátalo, mátalo!", aullaban los hijitos del capitán. Y Leonor echaba el agua lentamente a los geranios, y esperaba con el cubo debajo de la maceta, hasta que caía la última gota. Seguía después con la primera lata de helechos: dos, tres jicarazos, y a esperar la salida lenta del agua.

—¿Te ayudo, abuelita?

—Sí, pero con cuidado.

El nieto menor era el más bueno, el que más la quería. El mayor se creía independiente, no hacía caso nunca y era respondón, sarcástico.

—A mí no me gustan las luchas, abuelita.

El menor se sentía orgulloso siendo como la madre y la abuela; el mayor, siendo distinto. El menor la ayudaba a regar las macetas; el mayor se burlaba porque a veces la había sorprendido hablando con un geranio: "¿sabes que estás un poco marchito?", o con un helecho: "¡qué lindas hojitas nuevas tienes!"

La vivienda era chica y el barrio no era bueno. Los vecinos: obreros, empleados pobres, solteronas retorcidas; abajo, la familia del capitán. Leonor hubiera querido ver la calle, tener un balcón, siquiera una ventanita, pero las piezas daban a ese pasillo angosto, descubierto, pozo de luz para ellos y para los de abajo, a los cuales podían ver siempre, sin inclinarse siquiera sobre el barandal, y a los cuales oían siempre quisieran o no.

El pasillo y el barandal eran un bosque, un intrincado invernadero, con plantas que parecía imposible ver aclimatadas en esta altura seca de la ciudad. Tenía, por ejemplo, dos huacales de orquídeas, a los que conseguía ver florear una vez al año; los helechos crecían tan frondosos como en una gruta; había macetas con yerbas de olor, para usar en la cocina: yerbabuena, epazote, culantro, acuyo (que aquí en México le decían yerba santa). Leonor había cosido un toldo multicolor con retazos de ropas, de manteles y de sábanas viejas; espiaba al sol, que se descolgaba exactamente por las paredes, para interponer la tela entre los rayos directos y las plantas; así también las protegía en invierno del gran frío; se le ponían tristes, eso sí, pero aguantaban hasta el año siguiente, y entonces era un gusto verlas tirar sus hojas carcomidas por los negros dientes de la helada y sacar otras nuevas, lustrosas. Otras necesitaban sol, y había que moverlas cronométricamente, todo el día, según anduvieran los rayos; con el tiempo, había llegado a saber la hora por la posición de las hortensias o de los lirios rojos. Los mastuerzos eran los menos exigentes: crecían en latas, sol o sombra les daba lo mismo, se llenaban de flores y hacían cortina para la deprimente ruina de los muros.

—¡Abuelita, se está regando aquí el agua!

Ella corrió con la jerga, secó a tiempo. No podían permitir que escurriera ni una gota, porque la mujer del capitán habría empezado con sus insultos.

La palma fue la última. Le limpió las hojas con un trapito húmedo. El ruido de la arena vecina se hizo menos compacto. Ya salía la gente. El tumulto se volvía ralo, como un tejido desbaratándose. Un campanazo llegó desprovisto de sentido y unas últimas voces vinieron huecas, alejándose. El silencio adquiría después una calidad preciosa, en que el agua de los tinacos se volvía más agua que nunca. Así fue entonces.

—¿Ya hiciste tu tarea?

—Ya, abuelita.

El nieto miraba al cielo.

—Ahí viene la luna.

Ella la esperaba, porque entonces las plantas brillaban y daban sombras, como en el patio aquél de su casa. ¡Otatitlán! Y con el nombre del pueblo venían las amistades, la casa propia, y el esposo vivo, el río, la juventud.

—¿Ése es Orión?

—Ése.

—¿Y las siete Cabrillas?

—Todavía no salen. Sí, allá, junto a la antena.

En 1889 había muerto la madre. La recordaba claramente, con el pelo suelto hasta las corvas y una voz aguda y afinada, entre los arcos del patio:

—"La palma
que en el bosque se mece, gentil,
tus sueños arrulló..."

La cantó a media voz y se oyó, como con oídos ajenos: destemplada y quebradiza, casi arrugada como la piel ¡ésa era su voz! Pero el nieto siguió cantando, porque ella le había enseñado la canción de "La palma".

Al nieto se le hacía raro oírla decir "mi mamá". Le provocaba una incredulidad que no llegaba a formularse en palabras; era una sensación de que la abuela, tan antigua, no habría podido ser nunca una niña como él; entonces, la mamá de la abuela se transformaba en un ente casi mítico.

—¿De qué murió?

—De tétanos. Pisó un clavo en el patio...

—¿Ya era viejita?

—Tenía 35 años.

—¿Y tú cuántos tienes?

—Setenta y seis.

Ya era hora de acostarse. Alma, la hija, se cosía un vestido en el comedor. La pobre tendría que levantarse muy temprano para ir a la biblioteca. No estaba acostumbrada a trabajar y sufría luchando con los estudiantes; no sabía encontrar los libros ni se llevaba con las dos compañeras. Era el orgullo, el sentimiento de una clase social que no dependía de lo económico, sino de algo más sutil: en el pueblo eran alguien, una de las mejores familias, no por tener dinero, ni por la casa (todo mundo tenía casa propia), sino por la decencia, la educación. Y la gentuza las respetaba: "adiós, doña Leonor", y "adiós, Almita", con la conciencia de que ellas pertenecían a otra clase más alta.

El nieto empezaba siempre a desvestirse en el comedor. Habían subdividido los cuartos con canceles de madera, dando así a las dos piezas únicas una estructura más humana: dos recámaras, sala y comedor.

La hija, aterrada, alzó los ojos de la tela: allá abajo tronaba la voz de la capitana.

—Mamá, ya escurrió agua.

Eran insultos directos y obscenos a las dos mujeres, y cada frase abría surco en la carne viva de todos sus pudores acumulados. Leonor oyó con atención entreabriendo la puerta.

—Sí, ha de haber goteado alguna maceta. Nos grita a nosotros.

—Es que ya no es posible, mamá. Hay que vender esas plantas. No se puede tenerlas aquí.

Leonor no dijo nada. ¡Vender las plantas! Como si una planta no fuera un ser vivo. ¿Y quién las cuidaría tanto? Recordó la carcelaria visión de ese único pedazo de aire libre, tal como estaba cuando se mudaron. Entonces nadie vivía abajo y pudo hacer en seis meses el milagro de la vegetación. Después vivieron dos hombres, vendedores o algo así; no se metían con ellas, llegaban muy tarde y el agua que goteaba no pareció preocuparles nunca. Después, llegaron el capitán y su familia.

Tal vez habría que vender o regalar las macetas. El militar había amenazado una vez, borracho, con acabarlas a balazos, pero ese miedo era menor, siendo la boca de la mujer mucho más efectiva para ellas que ninguna amenaza del hombrón.

Ayudó al nieto a desvestirse.

—No lo ayudes, mamá. Debe acostumbrarse a hacerlo solo—. Alma se había vuelto áspera con el trabajo.

—No siempre va a tener abuela—. Era su respuesta de siempre, y siguió desvistiendo al niño. Luego, se sentó en el borde de la cama, lo hizo rezar.

—Cuéntame de tu casa.

"Tu casa" era aquella grande, en Otatitlán. "Tu casa" en realidad eran la juventud, la familia dispersa, la tierra caliente, y el pozo y el gran árbol de mango. La invitaba a hablar el nieto y Leonor se lanzaba a aquellos años; su memoria giraba lentamente, viendo todo, deteniéndose al azar en algún punto.

Había tenido dos novios: el primero se había ahogado en el río, con el segundo se había casado. Cada noche sostenía un largo monólogo que terminaba mucho después de que el nieto se había dormido. Él la oía mientras le era posible; veía las imágenes como despaciosos fogonazos que se encendían en medio de ambos: eran evocadas, se formaban y se desvanecían, para dar lugar a otras. Aparecía de pronto una sala iluminada con quinqués; en el sofá, ella con el futuro esposo, platicaba bajo la vigilancia de los padres. Esto vivía un instante, se borraba, y el tiempo seguía retrocediendo. Se encendían las antorchas sobre el agua, tocaba la campana de la iglesia y los cocos flotaban río abajo, llenos de aceite, con las mechas encendidas; pequeñas lámparas fúnebres, debían revelar el sitio donde estuvieran hundidos los cadáveres. La corriente se llenaba de lucecitas flotantes, que la gente seguía. Algo las detenía, daban vueltas en algún imperceptible remolino; todos gritaban desde las lanchas: "¡aquí está uno, aquí está uno!" Un chapoteo: el mulato, había saltado al agua, para bucear. Inútil, todo inútil. En la orilla la joven Leonor estaba rígida, llorando a gritos y sin darse cuenta de que lloraba abrazada a un fantasma temblón que era la hermana del ahogado. Tres días después apareció él, dos pueblos más abajo, amoratado y espantoso, semidesnudo.

Ella contaba, y la imagen del cadáver fosforecía por un momento, ante el horror del nieto.

—¿Y lloraste mucho abuelita?

—¿Que si lloré? Ay, hijo.

Y las lágrimas corrían de nuevo sobre las arrugas, sorprendiendo y lacerando al niño.

Así era: cada recuerdo correspondía a una Leonor distinta, desaparecida ya. Todos los recuerdos eran una cadena incoherente, y era imposible precisar lo que unía a cada una de estas Leonores con las otras. Para esta última, que apenas era una cáscara, también resultaba un misterio contemplar hacia dentro y tener conciencia, de pronto, de que todo eso era ella, y de que el conjunto formaba su vida. Esa noción, "mi vida", la llenaba de un terror pasajero, muy parecido a la comprensión de algo que nunca llegaba a precisarse.

Ahora el nieto se adormilaba. Preguntaba ya entre sueños, mezclaba las realidades caprichosamente. Ella seguía hablando, sin importarle la vigilia o el duermevela de su oyente, que de pronto abrió los ojos y preguntó:

—¿Y cuándo te mandan tus rentas?

—Muy pronto. La semana entrante, yo creo.

—Qué bueno—. Volvió a dormitar, sonriendo.

Es que la casa aquella seguía en pie. Allá seguía estando el corredor, lleno de helechos; los inquilinos sin duda sacarían sus mecedoras por las tardes, para recibir la brisa del río, y platicar, y tejer. La calle, empedrada, seguía teniendo un zacate afelpado; todavía brillaba tras las cortinas la luz de los quinqués. ¿O serían focos, ahora? Claro, serían focos. Y no podían volver allá porque Alma no terminaba con su juicio de divorcio, y porque había encontrado trabajo aquí; porque en el pueblo era más difícil ser pobres frente a los ojos de todos; porque la escuela de los muchachos, y sobre todo, porque la inercia y el desgano las ataban a la ciudad, a la vivienda pobre del edificio miserable. Entonces, los inquilinos de Leonor mandaban las rentas, sesenta pesos, que a ella le servían para comprar muchas cosas: golosinas para el nieto más chico, medias para la hija, un poco de comida extra para todos, cigarrillos (en secreto) para el nieto más grande, y, de vez en cuando, algunos metros de tela negra para ella misma, cuando creía necesitar un nuevo vestido.

Dejó al nieto dormido, dio un beso a la hija, fue a acostarse. Ahora venía, como todas las noches, el largo insomnio.

La semana siguiente fue de molesta expectación. El dinero de la renta se retrasó, y aunque sólo Leonor y el nieto más chico se atrevían a expresar sus inquietudes, la familia entera acechaba cada llegada del cartero. El sobre llegó al fin, sin la mensualidad. Los inquilinos se quejaban, exigían reparaciones, que parecían necesarias: el techo goteaba, había una puerta cayéndose, necesitaban pintar y repellar la fachada; proponían hacerlo ellos mismos con el dinero de las rentas.

Hubo un consejo de familia en que, consternados, pesaron la perspectiva de varios meses sin el auxilio de aquellas mensualidades. Fue el nieto mayor el que lanzó la idea de elevarlas. Se harían las reparaciones, sí, pero después podrían cobrar más. Se vio que una carta no sería tan efectiva como una conversación, y se pensó que alguien debía vigilar el costo de todos los trabajos, para que así los inquilinos no echaran el gato a retozar. Por todo esto, Leonor decidió ir al pueblo. La hija y el nieto mayor protestaron: ¿a su edad? Pero ellos no podían hacer el viaje, una por el trabajo, el otro por su escuela. Y el impulso, una vez nacido, creció en Leonor: volver, antes de morirse, ver todo aquello, ver el río, ver la tumba de los padres. Hubo que aceptarlo: Leonor iría. Y como debía tener aunque fuera un mínimo de compañía, se acordó que también el niño fuera.

Minuciosamente, sin aparente excitación, prepararon la salida. Alma pidió el dinero a Pensiones. La vieja y el niño sentían un miedo creciente: él, porque nunca había viajado; ella, porque iba a regresar. ¡Otatitlán! Ahora sus relatos al nieto se volvían más vivos, parecían proyectarse al futuro inmediato y no al pasado indefinido. El niño casi creía que iba a conocer a todas aquellas gentes pretéritas y difuntas.

—Papaloapam quiere decir "río de las mariposas"—, dijo la abuela alguna vez. Y él esperaba ver una corriente azul, llena con los vuelos multicolores de grandes animales.

—¡Y vas a ver el parque por las noches!—. Lleno de palmas y de árboles, oloroso a azahares, bajo una luna caliente y llena de insectos que crujían al paso de las dos corrientes opuestas: las muchachas en un círculo, el interior, los muchachos en otro, el exterior, caminando en sentido contrario y diciéndose "adiooós, adiooós" al encontrarse en cada vuelta. Las farolas de múltiples globos yerguen su escaso tamaño como encendidos racimos de uvas, y en cada luz se agolpan nubes de moscos, mayates, mariposas, catarinas negras. "Adiooós", y ahí empezaron los noviazgos de la comadre Chona, y de Rosita, y de Lala. . .

Volvía a describir las fiestas del Santuario: las gentes llegaban en cadenas tan densas y febriles como los cordones de hormigas cuando la lluvia se acerca. Más y más gente. Se les permitía dormir en la semi-intemperie de los portales, se improvisaban mesones. Seguían llegando lanchas, se hundían algunas, había muertos por riña, se veían caras extranjeras, centroamericanas, hasta peruanas. En la plaza había juegos, caballitos, volantines, ruedas de la fortuna desvencijadas y peligrosas. Había ruletas, barajas, loterías. Había huapangos y bailes populares. Todo en honor del Cristo negro y milagrosísimo. Seguía llegando gente. Vendían telas y collares y objetos que no se veían en ninguna otra época. La iglesia parecía incendiada con tanta vela, y una negra costra de cera la recubría. Por la noche las calles hedían a humanidad, había borrachos, hasta mujeres malas. No cesaban los ruidos un momento.

—¿No es muy feo todo eso, abuelita?

—No, hijo. Es divino.

Y hacía estallar los cohetes y los fuegos artificiales en la imaginación del nieto, describía los danzantes que venían de tantas partes, con sus plumas y sus faldas, resumía todas las fiestas que había visto en su vida en una sola, desproporcionada, rugiente, pero hermosa, hermosa, y viva.

En la estación, mientras Alma y Leonor hablaban nimiedades, el nieto mayor creyó necesario asumir su papel de hermano grande, y dijo un discurso al niño:

—Sabes que ahora ya vas a ser un hombrecito. En el viaje tendrás que cuidar a abuelita, porque ella es viejita y tú eres hombre. Tienes que estar siempre muy pendiente de ella y de todo lo que venga.

El niño asintió, feliz con la solemnidad, interiormente dispuesto a esperar cualquier peligro.

Desde el asiento de segunda dijeron adiós con la mano e instintivamente se abrazaron cuando el tren empezó a andar. Era de noche, porque así lo prefirió Leonor. Temía el bochorno, y su insomnio sería el mismo en la angulosa banca. Frente a ellos venían un estudiante parlanchín y un hombre del pueblo; pronto los dos empezaron a tomar pulque. El niño se durmió. Leonor permaneció rígida toda la noche, para no despertarlo.

Al abrir los ojos, el niño casi gritó:

—¡Todo está verde, abuelita!

—Claro, tonto, esto ya es tierra caliente.

En cada estación vendían cosas, y ellos compraban, y comían. El niño se lamentó casi cuando, más allá del mediodía, llegaron al punto de trasbordo: el río. Leonor, agotada hasta ese instante, recuperó fuerzas de pronto:

—¡Mira, hijito, el Papaloapam!

Cruzaban el puente muy despacio, oyendo el ruido seco y batiente de las ruedas. Con los ojos muy abiertos, el niño apenas podía ocultar su decepción:

—¿Y las mariposas?—, preguntó.

Pero ella no lo oía, perdida en la corriente parduzca de sensaciones y recuerdos. El agua lenta era la misma, tal vez más angosta, o menos clara, pero era la misma. El aire tenía de pronto un aroma turbio de barro levemente podrido, que Leonor había olvidado y que ahora le llenaba los ojos de lágrimas sensibleras.

Bajaron aturdidos, entumecidos, con los ojos muy abiertos. El suelo era arenoso, los pies se hundían un poco, y eso era nuevo y grato. Mucha gente corría a las lanchas, que el nieto contempló con codicia; pero también corrían otros hacia un camión destartalado. Así aprendieron que ya había carretera, y que las lanchas eran mucho más caras. Aceptaron lo fatal, el camión trepidante en el camino polvoso. Veían el río a trechos, paralelo, asomando entre una vegetación enmarañada, cabrilleando a veces.

Entraron al pueblo dando tumbos, se detuvieron en un espacio baldío. El camionero los ayudó a bajar.

La luz de mediatarde se desplomaba dolorosamente sobre los ojos. Entrecerrándolos, Leonor vio la iglesia, el palacio municipal... ¿Y los árboles? Fue como una puñalada: en vez del kiosko viejo había otro, muy feo, una estructura de cemento chata y sin gracia. Surgía en medio de un espacio vacío y descuidado, no había árboles, no había flores, y en vez de los racimos de globos luminosos, unos postes largos y funcionales sostenían un fruto único y sin encanto.

Desorientada, tuvo Leonor que preguntar el camino. La comadre Chona casi no la reconoció, pero admiró la estatura del niño y sus finas facciones, cosa que él correspondió con un afecto secreto e instantáneo.

Descansaron toda la tarde. Al anochecer, la comadre los llevó a caminar. Vieron el río, más angosto, domado ya por una presa y por varios canales de riego. Vieron las calles, asfaltadas unas, sin zacate ni pasto las otras. Era como otro pueblo: las pocas cosas reconocibles estaban estragadas o renovadas y no había rostros amigos; muertos y ruinas: el pueblo había sufrido una carcoma, por dondequiera había rastros de una lenta y minuciosa catástrofe. Algunas ancianas, sobrevivientes también, eran como espejos o ecos: las mismas arrugas, los mismos recuerdos, la misma nostalgia.

Se reunieron por la noche, bajo unos focos parpadeantes, más amarillentos y más trémulos que los remotos, resplandecientes quinqués. Desde un rincón, el niño las oía con fastidio, cinco ancianas enlutadas diciendo las mismas cosas que siempre decía la abuela. Hablaron del ahogado y una de las ancianas lloró: la hermana. Leonor lloró también y se consolaron mutuamente. Otra señora se levantó después y tocó algo en el piano vertical, los dedos torpes, el instrumento destemplado. Cantó después con voz chillona la misma canción de la abuela: "la palma que en el bosque se mece gentil...". Después siguieron contándose cosas, escenas, y todas eran tristes, aun las más alegres, porque todas tenían un sitio y una hora que ya no estaban al alcance de nadie. La comadre Chona trajo rompope, que al niño le gustó mucho. Después dejó de oírlas para ver los helechos, la palma en la mesa de mármol, el espejo manchado, los mosaicos blancos y negros. Lo despertó suavemente la abuela.

—Anda, ven a acostarte.

Todos los focos, menos uno, estaban apagados: al piano, la tapa le escondía otra vez los dientes; las ancianas se habían desvanecido ya.

Al otro día fueron a la casa. Un fastidio mortal se había apoderado del niño y lo volvía grosero, respondón. Leonor discutió con él todo el camino y así evitó pensar lo que ya adivinaba. La realidad no fue un choque; sólo un dolor previsto, aunque más agudo por la riqueza de sus detalles. No había cortinas en las ventanas; donde había sido la sala estaba un tendejón y la gente salía y entraba con los pies sucios. Las piezas vacías y desvencijadas, los muros descascarados, los suelos carcomidos; donde fue la recámara de Alma, aquel cuartito azul y rosa, había una bodega de granos, olía a humedad y una rata se dejó ver por un momento. El patio era una extensión salvaje y abandonada.

Los inquilinos hablaban y hablaban, explicando problemas e incomodidades, y Leonor buscaba con los ojos sitios vacíos. Qué pocos árboles quedaban. Y de pronto, un tocón grueso le sacudió glacialmente el corazón; ahí había estado el gran mango. Jamás entendió el inquilino por qué cuando él hablaba de las goteras la anciana empezó a sollozar. Le dieron té de azahar y accedieron a que les subieran la renta. El nieto, arrepentido, apretaba la mano de Leonor y sabía con remordimiento que había sido grosero y malo. Él mismo se castigó, no aceptando el dulce de piña y coco que le ofrecieron.

Vagamente, Leonor se excusaba:

—Es que todo ha cambiado tanto. Ésta era mi recámara, aquélla la de mi hija... Todo ha cambiado...

Todavía fueron al cementerio. Leonor llevó flores a la tumba de sus padres. Era una lápida borrosa, casi ilegible, que lavó cuidadosamente y limpió de yerbas. Conservó en la mano un gran ramo de hortensias; el nieto preguntó por qué y ella tuvo pudor de contestar: eran para el primer novio, para el ahogado. Con el niño de la mano caminó lentamente, esquivando montículos. La vegetación, implacable, enmarañaba el suelo, ocultaba sepulcros. Había un calor vaporoso, en que las distancias se volvían trémulas; el aire olía fuertemente a yerbas y el zumbido de las chicharras era tan constante que daba la ilusión del silencio. Con regularidad caían, como gotas calientes, las dos notas intermitentes de una tórtola.

Bordearon fosas recién abiertas, enderezaron dos o tres cruces caídas. Nada era reconocible: había otros árboles, otras calles. La tumba del novio no apareció. Caminando a la salida, Leonor dejó el ramo en un monumento antiguo y agrietado, que quién sabe de quién fue. Gozó por un instante imaginando la grata sorpresa de los deudos, después comprendió que aquel sepulcro viejo no le importaba a nadie, ni a ella misma.

Al día siguiente volvieron a México.

Cuando el capitán y su familia se mudaron, tres meses más tarde, hubo un júbilo general que Leonor compartió distraídamente. Esa noche Alma y los muchachos la ayudaron a regar las macetas. Llovían cubetazos arrojados sin precaución, entre carcajadas. Hasta Leonor se alegró, viendo caer los torrentes sobre la vivienda de abajo, oscura ya, y vacía.

Al día siguiente yendo al mercado, un borracho la agredió sin ningún motivo. Tal vez la confundió con otra persona, tal vez lo ofendió la pulcritud de la anciana.

Leonor gritó, recibió dos o tres golpes leves y regresó llorando a la casa. No lo pensó, pero supo vagamente que aquélla era la agresión de un lugar al que no pertenecía, que aquello formaba parte de los edificios altos y pobres, del distinto hablar de la gente, de los siempre amenazantes vehículos.

Por la noche, regando las macetas, pensó que la vivienda de abajo volvería a ocuparse muy pronto, que probablemente los vecinos serían otra vez groseros.

El agua caía en los tinacos y el patio era un simulacro de aquel otro que ya no existía en ninguna parte. Viendo al cielo, oyó al nieto canturrear la canción de "La palma". Algo había perdido sentido, tal vez la voluntad. Por un instante, pensó en tantos recuerdos que había depositado en la pequeña cabeza. ¿Qué pasaría con ellos? ¿Qué valía un recuerdo, qué significaba? La realidad era ésta: una vieja indiferente viendo al cielo, ruido de agua en tinacos, un dolor curioso, "como el de una planta arrancada, con las raíces al aire", pensó. Vagamente pensó también en la muerte, y en quién iría después a cuidar las plantas. Ahora la cansaba mucho regar. La cansaba todo, profundamente. Por un momento pensó que la cansaba vivir.

Al otro día empezó a regalar las macetas, y a venderlas por uno y dos pesos. No parecía importarle verlas salir, una a una, mientras el patio volvía a su aspecto carcelario. Pero al irse las últimas el nieto menor se fue a llorar detrás de una puerta.

Esa noche había luchas. Del cielo llegaba aquel tumulto, tan evidente que ya no era fácil notarlo. Alma cosía. Después, cuando los ruidos escasearon y la gente pareció evaporarse, salieron nieto y abuela, por costumbre, y se quedaron parados en el patio, lleno de aire limpio. El movimiento, inútil ahora, parecía adquirir otro significado que aún no supieran. El barandal vacío, las paredes desnudas, le trajeron una frase al niño: "me gustaban mucho las plantas", y un reproche que tampoco dijo, porque sabía que lloraría al pronunciarlo. Dijo mejor:

—Cuántas estrellas—, porque Leonor miraba al cielo.

En realidad, el rectángulo del cielo había cambiado de humor ahora que los muros estaban desnudos: como si antes tuviera alguna intimidad y ésta se hubiera roto; parecía como la casa de abajo: deshabitado. Leonor dejaba correr la mente, sin que nada se precisara. La imagen de sus plantas volvía mezclada con otras plantas y otros sitios. El niño preguntó:

—¿Cuánto dura una estrella?

—Quién sabe, hijo.

¿Y una planta? ¿Y uno? Una relación pavorosa quería brotar de todo, algo oscuro y amargo que se disolvió entre el ruido de los tinacos y el runrún de la máquina de coser.

Leonor dijo:

—Vamos a dormir, hijito. Ya es muy tarde.

ÍNDICE

Este libro se terminó de imprimir el día 20
de Abril de 1982 en los talleres de Lito
Ediciones Olimpia, S. A. Sevilla 109, y se
encuadernó en Encuadernación Progreso,
S. A. Municipio Libre 188, México 13, D. F.
Se tiraron 3,000 ejemplares.

Para el Viejito de su
idolo la más grande.

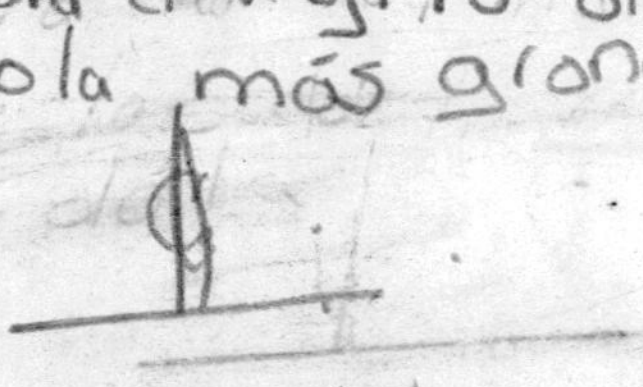